KB058965

마력 치트인 마녀가 되었습니다 ~창조 마법으로 자유로운 이세계 생활~ 1

아로하자초　일러스트　테즈부타

바람을 타는 매
모험가: 라일 ●

여신: 리리엘 ●

바람을 타는 매
모험가: 안나 ●

바람을 타는 매
모험가: 존 ●

개척촌 감독관
갓슈 가스파 ●

개척단 리더 ●

전생자
마녀: 치세

어스노이드
수호 검사: 테토

치세 양의 가늘고 길게 째진 눈이
목욕을 마치고 나와 밤바람을 맞고
기분이 좋은 듯 웃고 있다.

묘하게 어른스러운 열두 살 소녀라고 생각했는데
이제 보니까 커서 미인이 될 게 분명한 미모였다.
앞으로 몇 년만 지나면 아주 매력적인 여자가 되어
주변 사람을 홀리리라.

마력 치트인 마녀가 되었습니다

창조 마법으로 자유로운 이세계 생활

A Witch with Magical Cheat

# 목차

# c o n t e n t s

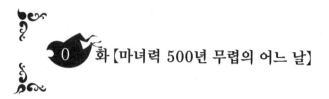

나는, 녹음이 짙은 숲속에 저택을 짓고 살고 있다.

"마녀님! 안녕히 주무셨어요!"

"테토, 좋은 아침."

"오늘도 베레타와 모두가 만든 아침 식사가 뭘지 기대돼요!"

기쁜 듯이 싱글벙글 웃으며 경쾌하게 걷는 테토와 함께 식당으로 간다.

식탁에는 이미 아침이 차려져 있고, 저택을 관리하는 메이드장(長) 베레타가 기다리고 있었다.

"베레타, 다들, 좋은 아침."

"좋은 아침이에요! 아침 식사 기대하고 있어요!"

「주인님, 테토 님, 좋은 아침입니다.」

그렇게 말하며 아침 인사를 건넨 건, 내가 옛 유적에서 발견한 봉사 인형 베레타다.

베레타를 발견했을 당시에는 나와 테토와 셋이 식탁에 둘러앉아 함께 밥을 먹었다.

하지만 세월이 흐르며 점차 봉사 인형 부하들이 생기자, 식당에서 식사를 함께하는 그룹이 여럿으로 나뉘면서 같이 먹을 때 외에는 곁에서 대기하게 되었다.

처음에는 조금 섭섭한 마음이 들기도 했지만, 봉사 인형 메이드들이 늘면서 집 분위기가 활기차진 걸 생각하면, 이것도 하나의 변화라고 납득했다.

나와 테토는 베레타에게 안내받아 식당에 자리를 잡고, 식탁에 차린 음식을 맛있게 먹은 뒤에 베레타가 내어 준 식후 홍차를 마신다.

"오늘도 맛있더라. 잘 먹었어."

"매일 감사해요!"

「과찬이십니다, 주인님, 테토 님.」

식사 후에, 테라스로 자리를 옮긴 우리는 거기서 내다보이는 바깥 경치를 감상한다.

내가 베레타의 몸을 본떠서 만든 봉사 인형들이 농사를 짓고, 저택을 관리하고, 수확한 농작물이 우리의 식탁에 오른다.

그리고 나는 온종일 외부에서 주문한 책을 읽으며 시간을 보내거나 낮잠을 자거나 하는 방자한 생활을 하고 있다.

하지만 나에게는 그런 생활을 할 권리가 있다.

"새삼스럽지만, 여기도 나무들이 많이 자랐네."

"우물우물……. 꿀꺽, 그러니까요. 처음에는 정말 아무것도 없는 황야였는데 말이에요."

테토가 아침을 먹고도 베레타가 밭에서 딴 딸기로 만든 딸기잼을 듬뿍 바른 스콘을 삼키며 맞장구를 친다.

숲의 나무들을 베어 내고 저택을 지은 것처럼 보이겠지만, 사실은 이렇게 숲이 울창하게 우거지게 된 건 저택을 짓고 나서도 한참 나중의 일이다.

처음에는 정말 아무것도 없는 황야였다.

고대 마법 문명의 폭주로 인해 땅이 마력을 잃었고, 지맥이 흐트러져 황폐한 빈터가 생겼다.

그런 작은 나라의 크기와 맞먹을 면적의 황야를 나와 테토를 포함한 모두가 수백 년에 걸쳐 나무를 심으면서 조금씩 숲을 가꿔 재생시켜 왔다.

공기 중에 마력을 채우기 위해 내 마력을 방출하고, 나무들을 심어서 생물을 끌어들여 먹이 사슬을 형성했다.

또 별을 순환하는 마력의 흐름인 지맥의 혼란을 관리하고, 제어하기 데 필요한 마석(魔石)을 두고 지맥의 잉여 마력을 저장했다가 다른 곳으로 돌려서, 마력이 과잉 축적되지 않게끔 조정하고 있다.

「그러고 보니, 주인님. 오늘은 숲과 인접한 국가에서 사절이 방문할 예정입니다.」

"무슨 일로?"

「주인님과 계약을 맺은 나라의 국왕이 교대된다는 보고를 하러 오는 거겠지요.」

"아아, 국왕이 바뀌는구나. 그러면 엘릭서를 준비해야겠네."

베레타의 보고를 받은 나는 찻잔을 비우고 일어선다.

그러고는 지맥을 관리하기 위한 마석과 그 마석의 제어 마도구(魔導具)가 있는 곳으로 향했다.

마석은 마력의 흐름을 조절하고, 거기에는 지맥에서 빨아들인

잉여 마력이 저장되어 있다.

마력의 최대 저장량은 1,000만 마력이다.

나는 그 마력의 일부를 이용해, 어떤 마법을 행사한다.

"──《크리에이션》엘릭서!"

내가 전생(轉生)할 때, 여신이 고르라고 한 전생 특전 고유 스킬──, 【창조 마법】을 쓴다.

【창조 마법】이란, 마력을 소비해 무에서 유로 물품을 만들어 내는 마법이다.

원래 내 마력을 소비하는 대신, 제어 마도구에 저장된 지맥의 마력을 써서 진홍색을 띠는 만능 치료 약──, 엘릭서 세 병을 만들 수 있었다.

엘릭서 한 병을 만들어 내는 데 필요한 마력은 100만 마력이다.

"후, 역시 100만 마력 수준의 아이템을 창조하는 건 시간이 걸리네."

「주인님, 애쓰셨습니다. 그럼, 엘릭서는 인계하기 전까지 제가 잘 보관해 두겠습니다.」

"그래, 부탁해. 그거 주고 후딱 돌아가라고 하자."

"마녀님, 사절단이 가고 나면, 산책하러 가고 싶어요."

"산책이라. 가끔은 모두를 만나러 가 볼까?"

내가 사는 이 숲에는, 우리 집 말고도 작은 군락이 몇 개 있다.

박해받은 종족이 숨어 사는 마을, 인간의 남획과 환경의 변화로 인해 멸종 위기에 놓인 환수(幻獸)와 성수(聖獸)의 서식지 등이 있다.

우리는 한 작은 나라의 크기와 비슷한 이 황야에 삼림을 재생하여 살던 곳에서 쫓겨난 자와 희귀 생물을 보호해 왔다.

이곳은 과거에 【허무의 황야】라고 불렸지만, 현재는 【창조의 마녀의 숲】이라고 불린다.

이건 내가 이세계(異世界)로 전생해서 자유롭게 방랑하며 나의 장소를 만들어 내기까지의 이야기다.

혹은, 나의 장소를 만든 뒤에 이어진 이세계에서의 기나긴 연대기이다.

*a Witch with Magical Cheat*
*~ a Slowlife with Creative Magic in Another World ~ 1*

# 1화【이세계로 전생한 날, 창조 마법을 손에 넣었습니다】

죽었다.

병을 앓았는지, 사고인지, 과로인지, 늙어 죽었는지.

어떻게 죽었는지 모른다.

이전 생에서 남자였는지, 여자였는지조차도 기억에 없다.

「당신을 저의 세계로 초대하고 싶어요.」

"……당신은, 누구야? 왜, 나를 당신 세계로 부르지?"

흐리멍덩한 기억 속에서 아름다운 여성을 바라본다.

「저는 이세계의 신, 리리엘. 당신은 그저 살아 주기만 하면 됩니다. 당신이 있는 것만으로도 제가 있는 세계의 이익으로 이어지거든요.」

매우 찜찜한 제안이다.

하지만 죽은 몸이 된 내가, 다시 한번 삶을 얻는 것이라서 거절할 이유는 없었다.

"그렇구나, 그러면 바로 전생하는 건가?"

「아뇨, 전생자(轉生者)는 되도록 오래 살아 주어야 하기에, 스킬을 골라야 합니다.」

공간에 나타난 태블릿을 손에 들고, 스킬이라는 것을 고른다.

어디 보자.【성검(聖劍) 소지】,【검술】스킬 등의 선택지가 줄줄이 있다.

전생자는 자신에게 주어진 포인트 한도 내에서라면 자유롭게 스킬을 가질 수 있나 보다.

그리고 내가, 스킬 포인트를 써서 고른 것은———, 상응하는 마력을 소비하여 아이템을 만들어 내는 고유 스킬, 【창조 마법】이다.

「그럼, 우리 세계를 만끽하시길.」

"일단은, 살아남는 걸 우선시하겠어."

스킬을 고른 나는 리리엘이라는 이세계의 여신에게 배웅받으며, 황야 한복판에 내던져진다.

············.

·······.

···.

"······여자 몸이네. 혹시 이전 생에서 여자였나?"

생전의 기억은 모호하지만, 아마 맞겠지.

복장은 평범한 마 셔츠에 바지, 허리춤엔 작은 가방을 맸고, 그 속에는 당분간 필요한 것이 들어 있는 마법이 걸린 듯하다.

주변을 둘러보니, 황폐한 대지가 펼쳐져 있고 북쪽으로는 초목이 자라지 않는 메마른 황야가 드넓고, 남쪽으로는 얼마 안 되는 잡초가 듬성듬성 자라 있다.

이 근방에는 내게 위해를 가할 만한 생물은 없는 것 같다.

"먼저, 내 상태부터 확인해야겠지. ──【상태창】."

레벨과 상태창이 존재하는 이세계답게, 전생한 지 얼마 안 된 내 마력량은 50이다.

전생할 때, 여신 리리엘이 알려 준 기초 지식에 따르면, 50의 마력은 일반인의 표준 마력이지만, 마법사로서는 터무니없이 적다.

이럴 줄 알았으면 스킬난에 있던【마력 증가】스킬과 마법 스킬 등을 골라야 했나, 하며 살짝 후회한다.

나는 현재 마력량으로 뭘 만들 수 있는지 확인하기 위해【창조 마법】을 써 본다.

"어디,【창조 마법】은 어떤 거려나? ──《크리에이션》【화염탄 지팡이】!"

윗부분이 붉고 둥근 지팡이 한 자루가 손에 나타났다.

느끼기에 현재 마력량의 8할, 40마력 정도를 써서 만든 아이템은, RPG에서 불의 마법을 발동할 수 있는 소비형 아이템이다.

"좋아, 완성. 이제 나도 쓰러뜨릴 수 있는 마물을 찾아서 열심히 레벨을 올리자."

40마력을 소비해서 만든【화염탄 지팡이】를 들고 잡초가 드문드문 자란 황야를 걷기 시작한다.

걷다가 땅을 기고 있는 탱글탱글한 슬라임을 발견했다.

"──《파이어볼》!"

좀 창피하긴 하지만, 지팡이를 들고 주문을 외지 않으면 마법이 발동되지 않는 모양이다.

슬라임이 불덩어리에 맞자, 땅에 그을음을 남기고 증발한다.

"공격 수단은, 이거면 되겠어."

그 후, 같은 방식으로 슬라임을 찾아 파이어볼을 쏘아 댄다.

【화염탄 지팡이】는 불덩어리 세 발을 쏘니 마법이 동이 났다.

"《파이어볼》마법은, 마력량을 10마력 전후로 쓰는 건가?"

지팡이를 만드는 데 10마력, 탑재되어 있던 《파이어볼》세 발이 30마력, 그렇게 해서 총 40마력이 든 것 같다.

게다가 일회용 도구인 모양인지, 세 발을 다 쏘면 일반 지팡이나 장작 재료가 된다.

【창조 마법】은 무에서 유를 창조하는 마법인 만큼 연비가 안 좋은 것 같긴 하지만, 당장 필요한 공격 수단을 만들 수 있어서 다행이다.

이런 식으로 【화염탄 지팡이】를 다시 만들어, 슬라임을 쓰러뜨리니 레벨 업을 했나 보다.

체감상, 마력량의 상한이 증가한 느낌이 들어 상태창을 확인하니, 체력과 마력 상한 수치가 올라 있었다.

그런데 레벨 업 하면서 상태가 완전하게 회복되지는 않는 모양이다.

"이제 【화염탄 지팡이】를 만들 때, 지금 마력에서 반 정도는 남으려나?"

상태창으로 확인한 마력 상한이 100마력으로 상승했기에 계산해 보면 일회용 【화염탄 지팡이】를 만드는 데 40마력이 필요하므로 60마력이 남게 된다.

또, 마력 상한이 증가하면 자연히 회복되는 마력량도 증가하는지, 【창조 마법】으로 만들 수 있는 것이 폭넓어졌다.

우선은 【화염탄 지팡이】로 마물을 잡으면서 잡초가 듬성듬성한 남쪽으로 나아가 봤지만, 사람이 사는 마을이 있는 듯한 기척이 없다.

그렇게 사흘간, 마물을 쓰러뜨리며 전진해 슬라임 외의 마물도 맞닥뜨리며 잡은 결과, 레벨 5가 되었다.

사냥 도중에 슬라임은 【화염탄 지팡이】의 불덩어리로 잡는 것보다 보통 지팡이로 돌아왔을 때, 그냥 때려잡는 편이 효율이 높다는 걸 알아차린 건 여담이다.

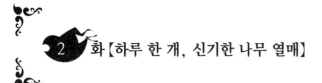
## 2화【하루 한 개, 신기한 나무 열매】

　레벨이 오르면서【화염탄 지팡이】외에도 다양한 도구를 만들어 낼 수 있게 되었다.

　텐트, 마실 것, 먹을 것, 담요, 마물막이 도구가 필요해서 만들면 거의 100마력 이내에서 만들 수 있었다.

　100마력으로는 일회용 지팡이 같은 품질의 도구밖에 못 만들어 낸다.

　더 질이 좋은 거로 만들고 싶은데, 요 며칠간 평원에서 한 서바이벌 생활은 대부분【창조 마법】으로 어떻게든 해결할 수 있었다.

　그런 나의 레벨이 2레벨에서 6레벨로 올라 마력량도 300이 되었다.

　하지만——.

　"——《크리에이션》! 꺅?!"

　지금보다 더 고품질의 도구를 만들기 위해서 이미지를 구체적으로 상상하며【창조 마법】을 발동했는데 마력이 부족해서 마법 도중에 실패하고 말았다.

　"느낌상으로는 마력을 지금의 세 배 정도 쓰면 될 것 같은데 말이지."

레벨 업을 하고 싶어도 이 황야에는 잡을 만한 마물이 거의 없다.

마물이 없으면 레벨도 올릴 수 없다.

레벨이 오르지 않으면 마력도 늘지 않는다.

"으음. 이대로 가다가는 만들어 낼 수 있는 게 한정적일 거야. 아, 그렇지……."

문득 어떤 생각이 떠올랐다.

만약 이 새로운 아이템을 창조하는 데 성공한다면 마력 부족을 해소할 수 있을지도 모른다.

새 아이템 창조를 위해 조금 전 【창조 마법】을 쓰다가 실패해서 소비한 마력이 회복되기를 기다린 뒤에, 다시 한번 새 아이템 창조에 도전한다.

"제발 새 아이템 만들기에 성공하기를. ──《크리에이션》!"

그리하여 현재 마력량 300마력을 거의 다 쓰면서 만들어 낸 것은, 신선한 배처럼 생긴 과일이었다.

"우, 우웩……."

이제껏 마력을 한계까지 쓴 경험이 없었던 나는 마력 고갈로 인해 속이 안 좋아져서 텐트로 들어가서 누웠다.

그런 내가 창조한 건── 【신기한 나무 열매】이다.

그렇다, 모 국민 RPG 게임에 나오는 스탯 업 아이템이다.

"일단…… 이걸 먹어 보면, 좀 괜찮아지려나."

그 과일을 살짝 베어 물어 먹으니, 배처럼 시원한 과즙이 입 안 가득 퍼진다.

게임에 따라서는 상승치가 무작위이거나 고정된 값이 있다.

상태창을 확인하니, 마력 상한은 상승했는데 마력 회복 효과는 없나 보다.

"회복 효과는 없구나……. 그래도 속이 좋지 않았는데 시원한 식감 덕에 기분은 좋네."

나는 그렇게 말하며 텐트 안에서 마력이 회복되기를 기다렸다.

누워서 쉬니까 마력 회복 속도가 빨라졌는지 속이 좀 편해졌다.

"아아, 힘들었다. 그렇지만 레벨 업에 상관없이 마력 상한을 늘릴 수 있는 건, 강점이 되겠어. 그나저나 마력이 고갈되면 생각보다 꽤 힘들구나."

그렇게 중얼거리며, 어느 정도 마력을 회복한 후, 어떤 것을 만든다.

"──《크리에이션》 마나 포션! ……이걸 마시면 100마력 전후로 회복하려나."

300마력을 소비해서 만들어 냈는데 100마력을 회복하는 저품질 마나 포션이라니, 효율이 영 별로다.

그래도 【신기한 나무 열매】를 만들었을 때처럼 앞으로도 어쩌다 마력이 고갈될 가능성이 있으니, 마나 포션을 준비했다.

그리고 또, 며칠에 걸쳐 【신기한 나무 열매】의 효과를 확인한 결과──.


· 마력이 계속되는 한, 【신기한 나무 열매】는 얼마든지 만들 수 있다.

· 【신기한 나무 열매】는 하루에 한 개까지만 효과가 있다.
· 마력 상한의 상승치는 무작위지만 확실히 오르기는 한다.


"보통 사람이 【신기한 나무 열매】를 하루 한 개 먹는다고 치고, 365일 곱하기 60년으로 계산하면 최소 21,900마력인가."

노력은 배신하지 않는다고 했다. 따라서 꾸준히 먹으면 마력량은 계속 오르겠지만——.

"솔직히, 최강의 마력을 얻기 위해서 평생 같은 것만 먹기는 싫어. 그리고 여신의 그 막연한 의뢰. 그저 오래 살기면 하면 된다니, 뭘 어떻게 하면 좋을까."

그렇게 중얼거리며 조금 더 강한 마물을 찾아서 황야를 걷기 시작한다.

그리고 종이와 나침반, 그리고 필기도구를 만들었다.

이것들을 이용해 주변 지도를 작성하면서 서바이벌 생활을 이어 나간다.

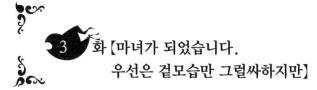

# 3화 【마녀가 되었습니다. 우선은 겉모습만 그럴싸하지만】

황야에서 서바이벌 생활을 시작한 지 한 달이 지났다.

슬라임과 잡다한 마물을 일회용 【화염탄 지팡이】로 잡아 왔는데 이제는 마법을 다 쓴 지팡이로 물리적으로 때려잡는 게 효율이 좋은 레벨까지 올랐다.

그리고 매일 【신기한 나무 열매】를 먹은 결과, 레벨 업과 함께 전체 마력량이 1,200에 달했다.

그런데 상태창에서 신경 쓰이는 부분이 있다.

이름: 무명(전생자)

직업: 부랑자

Lv.10

체력 250/250

마력 1200/1200

스킬【마력 회복 Lv.1】

고유 스킬【창조 마법】

"이름이 무명이라니, 이건 이름이 없다는 뜻 아닌가? 거기다 부랑자라니⋯⋯. 적어도 마을 소녀나 마을 사람이라고는 해

줘라."

현재 내 몸은 열두 살 정도의 앳된 여자아이이기 때문에 무직으로 들어가는 건 살짝 이의를 제기하고 싶다.

"근데 행색이 좀 말이 아니긴 해."

【창조 마법】으로 다양한 도구를 만들 수 있어서 몸을 청결하게 하는 【클린】 마법이 담긴 지팡이로 매일 몸과 옷을 깨끗한 상태를 유지하고 있다.

다만, 아무래도 매일 같은 걸 입다 보니 옷이 점점 해어지고, 애초에 텐트에서 생활하고 있기에 아무리 위생에 신경 쓴다고 할지라도 부랑자로 보일 가능성이 있다.

"전체 마력도 늘었으니 좀 제대로 된 장비를 만들어 볼까."

적어도 이 상태창의 직업란에서 【부랑자】라는 글자가 바뀔 만한 장비를 【창조 마법】으로 갖추기로 했다.

"내가 필요한 건 더 강력한 장비야. ──《크리에이션》!"

그리하여 만든 것은 모자가 달린 새카만 망토다.

휑뎅그렁한 황야에서 피부가 타지 않게 보호할 수 있고 밤에 썰렁할 때는 몸을 감싸고 자기에 좋을 것 같다.

"──《크리에이션》!"

다음으로 만든 건 깔끔하게 다듬은 떡갈나무 지팡이다.

이제껏 써 온 【화염탄 지팡이】보다 굵고 튼튼해서 때리기 좋을 것 같다.

"중2병에 걸린 듯한 옷차림이라 좀 창피하네."

만든 장비를 착용해 봤는데 성능이 나쁘지는 않을 것이다.

모자 달린 망토는 내열과 내한 효과가 있고, 깔끔하게 다듬어진 떡갈나무 지팡이는 마법 제어력 향상과 위력 향상 등의 효과를 상상하며 만들었다.

그리고 상태창의 직업은——.

"아, 【부랑자】에서 【마녀】로 바뀌었어…….."

직업으로 쓰여 있던 【부랑자】라는 글자를 상태창에서 지우자는 처음 목적을 이루긴 했지만, 이제까지의 내 행동을 돌이켜봤을 때, 지팡이를 들고 마법을 써서 마녀가 된 걸까.

그런데 도중부터는 지팡이로 때려잡아서 실체가 안 따라 주지 않았나 싶다.

"【창조 마법】을 쓰긴 하지만, 그 외의 마법은 하나도 못 쓴단 말이지."

만들어 낸 아이템에 담긴 마법을 발동하기 위해 진짜 마법사 같은 마법은 쓴 적이 없다.

"음……. 마법을 어떻게 발동하는 거지?"

【창조 마법】을 쓸 때 느껴지는 마력의 흐름과 감각을 모방하듯이 손바닥으로 마력을 몬다.

"윽! 《파이어볼》!"

화륵——, 작은 불꽃이 손바닥에서 살짝 나왔다 사라졌다.

시도 행위만으로 10마력을 소비하므로 실전에서는 전혀 쓸모가 없다.

"마법이란 건 연습해서 숙달되어야 실전에서도 쓸 수 있는 거구나. 그런 점에서는 연습할 필요 없고 사용자를 고르지도 않는

【화염탄 지팡이】는 편리한 거네."

　뭐, 【마녀】라는 직업에 걸맞게 조금씩 마법 연습을 하자.

# 4화【마법 스킬을 습득하다.
## 창조 마법은 정말로 편리해요】

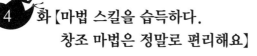

마법 스킬을 익히기 위해 매일같이 연습하고 있지만, 솔직히 말해서 공격 수단이【화염탄 지팡이】뿐인 건 불안하다.

그래서【창조 마법】으로 만든 마법사 장비를 착용하고 새로운 공격 수단을 모색하기로 했다.

"——《크리에이션》. 스킬 오브【장술(杖術)】!"

300마력을 소비해서 만든 아이템은 스킬 오브.

내가 이세계로 전생할 때 고를 수 있던 스킬 목록이 있었다.

목록에 있던 스킬들은 이쪽 세계에서도 단련하면 익힐 수 있지만, 나는【창조 마법】으로 스킬을 습득할 수 있는 아이템을 만들 수가 있었다.

다만,【창조 마법】으로는 고유 스킬은 만들어 낼 수는 없는 모양이다.

또,【스킬 오브】를 만들려면 몇 가지 규칙이 존재했다.

이를테면, 일반 스킬을 최저 레벨로 창조하는 데는 300마력이 필요하다.

더 희귀하고 더 레벨이 높은 스킬 오브를 만들기 위해서는 더 많은 마력이 필요하다.

구체적으로 설명하자면 필요한 마력량이 거듭제곱으로 늘어난다.

예를 들어서 스킬 레벨 2면 300의 2승으로 9만 마력, 레벨 3은 300의 3승이니 2천 7백만 마력이 필요하다.

따라서 가장 높은 레벨인 10레벨 스킬 오브를 만들려면 천문학적인 마력이 필요해지는 것이다.

그러므로 스킬 오브는 어디까지나 초석으로서 레벨 1 스킬을 손에 넣은 뒤에 부단히 훈련하여 강해지는 게 현실적이다.

"좋아, 스킬 오브를 사용했어. 어디 보자, 【장술】 스킬을 얻었나?"

손에 든 떡갈나무 지팡이를 휘두르자 아주 조금이지만, 휘두르는 속도와 위력이 올라간 게 느껴진다.

"위력은 세졌지만, 공격 수단으로 쓰기에는 【장술】보다는 마법 스킬을 먼저 만드는 편이 나았으려나."

지팡이로 계속 때려잡은 결과, 상태창 직업란에 적혀 있던 【마녀】가 【무투가】 같은 거로 바뀌는 것은, 그건 그거대로 소녀로서 달갑지 않다.

게다가 【장술】 스킬은 어디까지나 호신용이고, 진짜 목적은 독학으로 연습 중인 【불의 마법】을 스킬 오브로 습득하는 것이다.

지금껏 열심히 노력은 했지만, 솔직히 마력을 여러 번 소비해서 연습을 거듭하기보다 스킬 오브로 습득한 후에 연습하는 편이 효율이 높으리라고 본다.

"아무튼 ──《크리에이션》. 스킬 오브 【불의 마법】!"

그리하여 나는 【불의 마법】 스킬을 손에 넣어서 자력으로 마법을 쏠 수 있게 되었다.

그 결과, 【화염탄 지팡이】를 거쳐서 마법을 쏘는 것과 내 몸에서 바로 나오는 마법은 같은 《파이어볼》이더라도 차이가 있다는 걸 알았다.

"직접 마법을 부리는 건 커스터마이징 할 수 있구나."

예를 들면, 마력을 많이 담으면 사거리가 길어지거나 위력이 오르거나 하는 이점이 있지만, 심리 상태에 좌우되어 위력이 떨어지거나 실패할 위험도 있다.

그와 반대로 【화염탄 지팡이】는 위력이나 출력의 세기가 항상 일정하다.

"【화염탄 지팡이】는 이제 작별해야겠는걸. 이제까지 고마웠어."

이세계 서바이벌 생활에서 내게 힘을 보태 준 도구다.

아직 사용 횟수가 남아 있기에 소중히 마법 가방에 넣어 둔다. 그 후, 날이 저물 때까지 황야를 향해서 《파이어볼》을 마구 쏘아 댔다.

그리고 그 뒤로 며칠을 들여 【불의 마법】 말고도 물, 땅, 바람의 4원소와 빛과 어둠의 마법 스킬을 습득했더니 전부 통합되었다.

"어디 보자……. 【원초 마법】?"

뭐, 대충 여섯 속성의 마법을 전반적으로 다룰 수 있는 스킬이겠지.

아직 스킬 레벨이 1이기에 그다지 강력한 마법은 못 쓰지만, 그래도 상태창에 스킬이 조잡하게 줄줄이 늘어져 있는 것보다는 깔끔해서 기분이 좋다.

그보다도 【원초 마법】을 습득한 것으로 여섯 속성에서 파생된 가지각색의 마법도 쓸 수 있게 된 건 굉장한 이득이다.

특히 【토양 조작】과 【식물 조작】 등의 마법은, 마력 소모량은 많지만, 내 임시 거점의 주변을 살기 좋게 조성하는 데는 도움이 되었다.

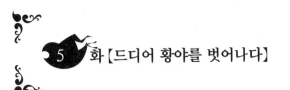 

## 5화【드디어 황야를 벗어나다】

"어디——.《플라이》."

여섯 속성 마법이 통합되며 만들어진【원초 마법】을 시험하기 위해서 여러 가지로 시도해 보는 중이다.

지금은 비행 마법으로 하늘을 날면서 마을을 찾아보려고 했는데 높이 날 수도 없는 데다 움직임도 굼뜨다.

"원래는 더 높은 레벨일 때 습득해서 자유자재로 날 수 있는 마법인 건가……."

실상은 이동할 때 내 다리로 걷는 게 더 빠르다.

"그건 그렇고 드디어 이 황야를 벗어나서 숲을 발견했어."

요 한 달 동안 황야의 마물을 쓰러뜨리면서 남쪽으로 내려왔다.

물도 없고 먹을 만한 생물도 없는 황야 생활.

【창조 마법】이 없었다면 이러한 환경에서는 진작 죽었을 것이다.

【창조 마법】은 마력을 소비해서 아는 것이나 명확하게 상상할 수 있는 것을 만들어 내는 마법이다.

그리고 한 번도 본 적이 없는 거나 애매하게 상상해도 마력을 많이 쓰면 부족한 지식이나 상상을 보충해 창조할 수가 있다.

그런【창조 마법】을 이용해 편의점 도시락과 페트병 음료 등의 식량, 텐트와 침구 등의 서바이벌 용품, 지팡이와 망토, 스킬 오

31

브, 【신기한 나무 열매】 등의 공상 물품을 갖춘 덕에 연명할 수 있었다.

그리고 드디어 《플라이》 마법으로 높은 곳에 올라 내다본 결과, 저 멀리서 울창한 숲을 발견할 수 있었다.

이제껏 창조해 온 다양한 캠핑 도구를 마법 가방에 넣고, 날아올랐다기보다는…… 두둥실 떠올랐을 때 발견한 숲으로 향한다.

"헉, 헉……. 힘들어."

레벨이 올랐다고는 하나 열두 살 소녀의 몸으로 오래 걷기는 좀 버겁다.

힘에 부쳐도 눈에 보이는 마물을 물리치며 숲의 입구에 이르렀다. 그날 밤은 그 자리에서 캠핑하고 다음 날 아침 드디어 숲으로 들어갔다.

"신기하네. 황야와 숲의 경계가 명확히 구분되어 있어……."

숲에서 침투한 수분이 땅을 촉촉하게 적셔 초원으로 바뀌는 게 아니라, 갑자기 황야에서 숲으로 환경이 바뀐 것이다.

"후우, 강한 마물과 안 마주쳤으면 좋겠다."

그렇게 작게 말하며 숲으로 들어서자마자 고블린과 맞닥뜨렸다.

녹색 피부에 가는 팔다리, 가분수 얼굴. 그리고 여자인 나를 본 순간, 불끈불끈 반응하는 도롱이 아래의──. 까놓고 말해서 혐오스럽기만 했다.

숲에 불을 내지 않으려고 새로이 마련한 【투석 지팡이】로 쏘는 《스톤 불릿》과 【바람의 마법】의 《윈드 커터》로 주저 없이 갈기갈기 찢어 버렸다.

"웩……"

솔직히, 내가 빚은 참상을 보니 속이 안 좋다.

지금까지는 슬라임이나 작은 동물형 마물을 잡아 왔지만, 인간형 마물이라서 더더욱 불쾌하다.

"뭐, 내버려 두면 야생 동물이 먹어 치우겠지."

고약한 냄새를 풍기는 고블린 사체를 먹을 만한 생물은…… 슬라임 정도밖에 안 떠오른다.

슬라임들이 깔끔하게 뒷정리해 주리라고 믿으며 다시 숲의 입구로 되돌아간다.

"숲에 진입해서 고블린이 접근하는 걸 알아차리지 못한 건 위험했어. 좀 더 신중하게 움직이자."

일단 내 주변에 【원초 마법】으로 결계를 치긴 했지만, 스킬 레벨이 낮아서 두께도 너무 얇고 깨지기 쉽다.

그리고 고블린과 맞닥뜨렸을 때의 거리가 가까웠던 건 반성해야 할 점이다.

"마녀는 보통 후위. 일반적으로 게임에서는 후위에 서는 사람이 독자적으로 행동하는 경우는 거의 없지."

앞에 서는 전위가 있기에 뒤에 자리하는 마법사는 안정감이 큰 것이다.

만약 마법사가 단독 행동을 하면 항상 선수를 치고 전체를 공격하는 마법을 구사하면서 섬멸해 나가는 수밖에 없으리라.

하지만 아무리 민첩해도 이따금씩 일어날 수 있는 불의의 습격을 당하면 템포가 무너진다.

내 경우에는 기습당하면 템포가 무너지기는커녕 그대로 골로 갈 가능성이 크다.

"우선 우수한 전위가 필요해."

그런고로, 현재 마력량으로 제어가 가능한 내 앞을 믿고 맡길 수 있는 골렘을 만들기로 했다.

"【원초 마법】으로 얻은 지식에 따르면 골렘의 성능은 핵과 소재, 그리고 주입한 마력에 의해 좌우됐댔지."

예를 들어 핵이 될 마석이 약하면 골렘의 지능과 능력도 낮아진다.

소재란, 골렘의 몸을 구성하는 것으로 흙으로 만들면 어스 골렘. 돌로 만들면 스톤 골렘, 철로 만들면 아이언 골렘이 된다.

마지막으로 마력은 골렘을 움직이게 할 때의 에너지이다.

마석의 핵이 크면 클수록, 골렘을 움직일 때 마력이 대량으로 필요하고, 또 출력이 커지고 가동 시간도 길어진다.

"아무튼, ──《크리에이션》. 골렘의 핵!"

현재 내가 가진 전 마력을 사용해 예쁜 청색을 띠는 마석이 만들어졌다.

마석이 손안에서 창조됨과 동시에 마력이 고갈되어 속이 울렁거리기 시작한다.

서늘하고 차가운 마석 덕분에 기분이 좋아서 그대로 마물 기피 향을 피우고 잠자리에 든다.

다음 날에는 골렘의 핵이 되는 마석에 마력을 보충한다.

"──《차지》. 【창조 마법】에 쓴 마력량의 반 정도 마력만 핵에 저장할 수 있으니 600마력쯤 찼으려나."

할 수 있는 데까지 마력을 보충한 후에 골렘의 몸을 이룰 소재를 생각해 봤는데, 흙이 가장 괜찮을 것 같다.

골렘의 핵은 새로 만들 수는 없지만, 몸은 소재만 있으면 언제든 다시 만들 수 있다.

일단 골렘의 몸은 저렴한 거로 만들자.

"어디, 흙이……. 뭐야, 비가 오잖아."

골렘의 핵을 들고 텐트 안으로 몸을 피하고 비가 그치기를 기다린다.

비가 그치질 않아, 텐트에서 남은 마력으로 이전 생에서 먹었던 편의점 과자를 만들어 낸다.

한 개에 100마력이 드는 이 싸구려 초콜릿 과자는 서바이벌 생활을 하는 상황에서는 매혹적인 맛이었다.

반나절 정도 흘러 비가 그쳐서 다시 골렘을 만들려는데, 한 가지 문제가 생겼다.

"아, 땅이 질척거려."

풀이 드문드문 나 있던 황야가 비의 수분을 흡수해 진기가 있는 점토질 땅으로 변해 있었다.

"음. 근데 이건 이거대로 의외로 나쁘지 않을지도."

단순한 흙덩어리보다 점토가 결합 상태가 더 좋을 수 있다.

그리고 흙덩어리로 때리는 것보다 물기를 머금은 점토로 질식시키거나 꼼짝 못 하게 하는 게 나을 테고 충격을 흡수하는 힘도 있을지도 모른다.

"좋아, 만들자. ──《골렘 메이커》!"

지면에 마력을 충분히 흘려보내고 몸을 구성할 점토에 골렘의 핵을 심어 골렘을 깨운다.

"오, 오오……. 오오?"

황야의 점토가 천천히 솟아오르더니 클레이 골렘이 된다.

예상과는 달랐지만, 몸의 상반신은 인간형을 유지하고 있는데 하반신은 걸쭉한 점토 덩어리로 기어다니는 듯하다.

눈높이는 열두 살인 나와 비슷하다.

골렘은 좀 더 중후한 이미지였는데 왠지 좀 약해 보인다.

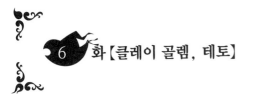

## 6화【클레이 골렘, 테토】

"우선 네 이름은 테토야. 앞으로 잘 부탁해, 테토."

내가 오른손을 내미니 테토가 악수를 돌려준다.

겉모습은 하반신이 무너진 골렘 같지만, 생각보다 지성은 높은가 보다.

점토질 몸이라 악수하면 손에 점토가 묻을 줄 알았는데 의외로 그러지는 않았다.

오히려 물기를 머금은 점토가 찰져서 서늘한 게 기분이 좋았다.

"자, 오늘이야말로 숲속을 탐색해 보자. 전방 호위는 잘 부탁할게."

말없이 경례한 테토는 무언가를 찾는 듯싶더니 숲속에서 나무 막대기 한 개를 주워 들었다.

그리고는 막대기를 골렘의 힘으로 붕붕 휘둘렀는데 비가 내린 탓에 나무가 썩었는지 똑 부러진다.

왠지 모르게 슬퍼 보이는 테토…….

"저기, 테토. 무기가 갖고 싶은 거야?"

내 말에 고개를 세로로 주억거린다.

"음, 그러면 ──《크리에이션》 소드!"

【창조 마법】으로 철검 한 자루를 만들었다.

칼끝이 예리하지 않은 두껍고 무딘 단검이지만, 그걸 받은 테토가 기뻐한다.

그리고 주변 나무를 시험 삼아 베는데, 날은 잘 들지 않아도 골렘의 힘으로 서걱 소리를 내며 나무껍질이 깎이면서 검이 파고든다.

벳다기보다는 때린 것에 가까운 공격이었지만, 위력이 꽤 센 것 같다.

"자, 이번엔 진짜로 탐색하러 출발하자."

내가 그렇게 말하고, 골렘 테토가 고개를 끄덕이고는 숲속으로 들어가니 어제와 마찬가지로 바로 고블린이 나타났다.

"테토, 부탁해!"

내가 지시하자 테토는 검으로, 고블린은 곤봉으로 대치하면서 힘으로 밀어붙여 고블린을 때려눕혔다.

고블린의 움직임이 잠깐 멈춘 사이, 내가 《윈드 커터》를 날려서 이번에는 침착하게 해치울 수 있었다.

"좋았어, 제법 괜찮은데."

이 정도면 내가 위험할 일도 적어지겠다고 생각하고 있는데 테토가 죽은 고블린의 심장을 무딘 검으로 마구 심장을 찔러 도려내고 있다.

보고 있자니 그다지 기분 좋은 광경은 아니었지만, 테토가 무언가를 찾았나 보다.

"테토, 그거 혹시 고블린의 마석이야?"

내가 묻자, 테토가 새끼손가락 크기의 마석을 내게 건네려 한다.

마력 치트인 마녀가 되었습니다~창조 마법으로 자유로운 이세계 생활~ 1

하지만 피범벅인 데다 살점이 달라붙어 있는 마석을 건네도 난감하기만 하다.

"그건……. 테토 마음대로 해."

그렇게 말하니 테토가 입으로 보이는 부위로 그걸 몸속에 집어넣는다.

"어, 먹어도 돼?"

걱정스러워하는 내 말에 테토가 괜찮다는 제스처를 취한다.

나중에 안 건데, 골렘이나 오토마타 같은 존재들은 쓰러뜨린 마물의 마석을 자신의 핵에 흡수시켜 지성과 능력을 향상할 수 있다고 한다.

다만, 마물 토벌에서 가장 가치 있는 것이 마석이라서 보통 골렘을 부리는 사람들은 골렘에게 마석을 주지 않는다.

무엇보다 골렘의 핵을 성장시키는 데 필요한 마석의 양이 어마어마하다.

그리고 어쩌다가 골렘 핵이 파손되어 기능 정지 상태가 됐을 때는, 그때까지 흡수한 마석이 전부 무용지물이 될 가능성도 있다.

또, 파손된 핵을 재생시키는 것도 마석이 아주 많이 필요해서 골렘을 성장시킬수록 운용 비용이 커지고 어려워진다.

그 탓에 골렘 사역사는 골렘을 성장시키지 않는 게 상식이라지만——.

"마석은, 내 【창조 마법】으로 만들어 낼 수 있으니 갖고 싶으면 줄게."

「고?!」

"뭐야, 지금 말한 거야?! 아, 아하하하. 테토가 말을 하네."

테토가 짧게 '고, 고'라며 맞장구를 치는 게 웃겨서, 그리고 오랜만에 누군가와 대화했다는 것에 눈물이 흐른다.

의외로 황야 한복판에서 서바이벌 생활을 하면서 외로웠나 보다.

기분이 좀 진정되자, 어떤 생각이 문득 떠오른다.

"테토, 조금 전처럼 무딘 검으로 마석을 꺼내기는 힘드니까 나이프를 줄게. ──《크리에이션》나이프!"

상상한 것은 해체할 때 쓰는, 날이 웬만큼 잘 드는 나이프다.

나이프를 소중히 건네받은 테토는 몸속에 푹푹 찔러넣는다.

혹시 몸에 나이프를 보관한 건가 하고 생각하며 나와 테토는 더 숲속 깊이 들어갔다.

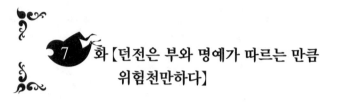 

# 7화【던전은 부와 명예가 따르는 만큼 위험천만하다】

숲에서 때때로 공격해 오는 마물을 골렘 테토가 대부분 처리해 준다.

무리일 경우에는 나도 뒤에서 마법으로 돕긴 하지만, 도와주지 않아도 대체로 테토 혼자 처치할 수 있어서 이전에 비해서 레벨을 편하게 올릴 수 있다.

거기다 처리한 마물의 마석을 테토가 섭취하면서 골렘으로서의 능력이 조금씩 향상되어 더더욱 편해지는 선순환이 생겼다.

그리고 골렘 운용 비용이 생각보다 낮다.

점토가 마르지 않도록 가끔【창조 마법】으로 만든 페트병 미네랄워터를 뿌려 주는 데다 나무뿌리에서 나는 보드라운 흑토(黑土)를 흡수해서 맨 처음에는 붉은 황야의 점토질 몸이 조금씩 거무스름한 빛깔을 띠어 가고 있다.

필요한 마력은 내《차지》마법으로 정기적으로 보충해 주기에 부족하지 않고, 수면이나 휴식을 취할 필요도 없는 터라 밤에 불침번을 세울 수 있는 게 굉장히 도움이 된다.

그렇게 숲을 계속 탐색하던 나와 테토는 수상한 동굴을 발견했다.

"테토, 너는 저게 뭐일 것 같아?"

「고?」

고개를 갸우뚱하며 옆에 선 볼품 없는 클레이 골렘 테토에게 묻는다.

"어느 모로 보나, 던전 맞지?"

밖에서 봐도 깊이와 내부 공간이 이상한 동굴.

작은 산에 있는 동굴인데 아무리 봐도 산을 관통하는 이상으로 깊어 보이는 것이 입구에서도 엿보인다.

무엇보다 산과 동굴 안에 있는 바위 표면의 질감이 아예 다르다.

"음. 어쩔래, 테토?"

「고!」

앞장서겠다고 말하듯 한쪽 손에 든 검을 크게 휘두른다.

"뭐, 테토가 가고 싶으면 던전에 가 볼까."

그렇게 말하고 던전 앞에서 던전 공략에 필요한 종이와 펜, 방위를 확인할 나침반과 동굴 속에서 비출 랜턴을 【창조 마법】으로 만들어 지도를 작성하며 나아가니 첫 무리가 나타났다.

"고블린……. 그것도 세 마리."

하지만 고블린은 나타나자마자 순식간에 테토의 검에 맞아 죽었다.

"테토, 강해졌구나."

「고!」

기뻐하며 동굴 천장을 향해서 검을 들고 있는 사이에 쓰러뜨린 고블린이 하얀 연기가 되어 사라지며 장비와 마석을 그 자리에 남긴다.

"뭔가, 새삼 게임 같네. 테토, 마석은 평소처럼 해도 돼."

「고!」

내가 그렇게 말하자, 테토가 고블린이 남긴 마석을 집어서 삼키기 시작한다.

전투를 끝낸 우리가 또다시 테토를 앞장세워 던전 안쪽으로 들어가는데——, 덜컹. 피융!

「고?」

"아……. 테토!"

지면을 기어가는 테토는 두 발로 걷는 것과는 달리 지면을 차지하는 면적이 클 수밖에 없다.

그 탓에 함정 스위치를 밟아 작동시키는 바람에, 벽에서 화살이 날아와 테토 머리에 박혔다.

그런데 정작 화살이 박힌 당사자인 테토는 아무 일도 없었다는 듯 그대로 나아간다.

"테토, 괜찮아?! 머리, 머리!"

「고?」

——덜컹, 슈욱!

이번에는 창들이 날아와 테토의 몸을 관통한다.

"테토!"

「고?!」

놀라 반응을 보이는 테토…… 머리에 화살이 꽂힌 걸 알아차리고 뽑는다.

아니, 그 화살은 아까 꽂힌 거거든.

좀 둔한가? 약간 모자라나?

그리고 함정이 원래대로 돌아간 뒤, 다친 곳은 없는지 확인한다.

"테토, 괜찮아? 안 다쳤어?"

「고──♪」

클레이 골렘이라 상처 입은 몸도 흙과 수분으로 말끔히 재생된 모양인지 다치지는 않았다.

게다가 핵도 몸속을 돌아다닐 수 있어서 핵에 손상이 가지 않게 옮겨 두었다.

심지어 또 한 번 스위치를 밟아서 수면제 같은 게 뿜어져 나오는 함정이 가동됐는데도──.

「고──!」

"아아, 테토는 생물이 아니라 이런 함정이 전혀 먹히지를 않는구나."

물리적 살상 함정과 생물용 함정에 테토는 거의 무적이다.

그렇게 던전 1층은 천하무적 테토의 활약으로 클리어했다.

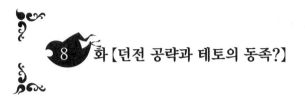

던전은 한 층씩 내려갈 때마다 강한 적이 나타났지만, 그렇게 고전하지는 않았다.

이전 층에서 나와 테토는 충분히 레벨을 올려서 안전 마진을 확보하는 터라 속도는 느리지만 순조로이 나아간다.

그리고 각 층에는 안전지대가 마련되어 있고, 내 【창조 마법】 과 수면과 휴식을 취할 필요가 없어 주변 경계가 가능한 클레이 골렘 테토가 있어서 식량 부족으로 탐색을 계속하지 못하거나 불의의 습격을 당할 걱정은 거의 없었다.

유일하게 초조했던 건 3층에 돌입한 직후에 오크 위저드와 마주쳐, 녀석의 마법에 테토가 두 동강이 났을 때다.

"테토!"

「고, 고고…….」

적의 마법에 당해 테토의 핵이 손상되어서 기능이 정지한 것이다.

그때는 【신기한 나무 열매】로 늘려 온 남아도는 마력으로 특대 《윈드 커터》를 잇따라 쏴서 던전 통로에 단체로 나타난 오크들을 토막 낸 것으로 기억한다.

그 후에는 무너진 점토 속에서 테토의 핵을 찾아내어 막 쓰러뜨린 오크의 마석을 이용해 복원했다.

골렘의 핵에 마석을 갖다 대니, 마석이 순간적으로 액체로 변하여 깨진 핵을 이어 붙인다는 것을 이번 일로 처음으로 알았다.

그리고 내가 창조한 골렘의 핵은 600마력 정도 되는 용량이었는데 이번에 보니 6,000마력이 넘는 용량으로 성장해, 내 최대 마력량을 넘긴 것에 깜짝 놀랐다.

핵의 크기 자체는 만들었을 때보다 배 정도로만 커졌는데 마석 밀도가 높아져 있었다.

그리하여 최대 위기였던 테토의 전선 이탈을 온갖 방법을 동원해 타개하면서 그 뒤로는 마법사 계열의 마물을 발견하면 내가 먼저 나서서 해치우게 되었다.

그리고 현재──. 우리는 던전의 가장 깊은 곳, 5층에 와 있다.

"테토, 여기까지 오는 동안 정말 많은 일을 겪었지."

「고!」

"나와 테토가 새로운 장비를 획득하기도 하고……."

「고!」

던전에서는 보물 상자가 생성되기에 상자를 열면 다양한 아이템을 얻을 수가 있다.

금은보석으로 만들어진 보석 장식품과 무기, 방어구, 마도구 등이 있었다.

특히 아이템을 감정하는 외알 안경은 획득한 아이템을 구별하기에 편리했다.

내 현재 마력량으로는 만들 수 없는 마법 가방도 있었다.

던전에서 찾은 마법 가방은 트럭 한 대의 용량이라 짐을 관리하기가 편해졌다.

전생할 때 받은 허리춤에 메는 작은 마법 가방은 용량이 작은만큼 시간 연장 효과가 있어서 두 가지 마법 가방을 용도에 맞게 사용하면 앞으로의 여정이 편해지리라.

테토에게는 던전에서 찾은 내가 창조한 것보다도 좋은 검과 마법 방어력이 높은 방패를 착용하게 했다.

이 방패 덕분에 적의 마법으로 치명적인 대미지를 받을 일도 없어졌다.

그리고 보스전에 임하기 전에, 사전 준비로 던전의 안전지대에서 테토에게 스킬 오브를 사용해 【검술】과 【방어술】을 익히게 했더니 무기를 다루는 실력이 눈에 띄게 좋아졌다.

새 장비와 스킬에 익숙해지기 위해, 최심부 바로 앞에서 며칠간 마물을 사냥하면서 마침내 보스에게 도전할 준비를 마쳤다.

"강해졌어, 우리."

「고.」

"슬슬 햇볕도 쬐고 싶으니 얼른 보스를 잡고 나갈까?"

「고!」

나와 테토가 그런 대화를 나누며 보스가 있는 곳에 들어선다.

그리고 보스의 방에서 기다리던 건 거대한 바위 골렘이었다.

몸길이가 우리의 세 배에, 질량이 1톤은 거뜬히 넘어 보인다.

"테토의 동족인가?"

내가 고개를 갸웃하자, 테토가 고개를 세차게 가로저으며 기분 나쁘다는 분위기를 풍긴다.

동족 취급하는 게 싫은 건가.

「고오오오오오오오──!」

던전의 보스인 스톤 골렘이 포효하며 우리를 위압한다.

"테토, 나를 보호해 줘! ──《파이어볼》!"

보스와의 전투를 위한 방의 공간이 넓어서 사정없이 위력이 센 불의 마법을 쓸 수 있다.

게다가 5층까지 내려오면서 치른 전투로 내 레벨과 마력량, 【원초 마법】의 스킬 레벨도 올라 있다.

나는 지금 동료 테토와 함께 파티를 맺었다고 생각하고 있다.

하지만 이쪽 세계의 인식으로는 골렘 테토는 도구다.

인간인 내가 테토라는 도구로 마물을 잡고 있기 때문에 그 경험치가 내게만 집약되어 있었다.

"지금의 나라면, 이 정도는, 할 수 있어!"

방금 쏜 《파이어볼》은 원래 쏘던 화염탄의 반 정도 크기다.

그리고 불꽃의 색은 붉은색이 아니라 청백색의 고온 불꽃이다.

내가 쏜 청백색 화염탄이 골렘의 한쪽 팔에 맞고 폭발하는 것이 아니라, 바위 몸을 녹이며 관통한다.

"테토!"

「고!」

바위 골렘이 나머지 한쪽 팔을 번쩍 치켜들고 묵직한 암석 팔로 테토를 내리치려고 한다.

그에 맞서 테토는 양손으로 꼭 잡은 방패로 막는다.

방패로 충격을 분산해, 점토질 몸이 받은 충격을 땅으로 흘려 보낸다.

가격당한 충격으로 땅이 팼지만, 그래도 바위 골렘의 공격을 막았다.

"제2탄, ──파이어!"

두 발째 청색 화염탄을 날려 이번에는 골렘의 다리를 꿰뚫어 균형을 무너트린다.

몸의 균형이 깨진 골렘이 그대로 허우적거리며 하나씩 남은 팔다리를 휘두르면서 기듯이 다가온다.

"테토, 물러서. 제3탄, ──파이어!"

지팡이를 휘둘러 쏜 세 발째, 네 발째 화염탄에 남은 팔다리가 녹아 날아가, 바위 골렘은 꼼짝할 수가 없게 되었다.

그렇지만, 그래도 상대는 골렘이다.

마력과 몸을 이루는 소재만 있으면 재생한다.

"테토, 저 골렘은, 핵이 어디쯤 있어?"

「고.」

지면에 인간 형상을 그려서, 사람으로 치면 목과 가슴께에 핵이 있다는 걸 알려 준다.

"그렇구나. 핵 이외의 부분은 다 잘라 버려야겠어. ──《윈드 커터》!"

고압축 바람 날을 단두대처럼 위에서 쏟아지게 해, 골렘의 몸을 잘게 다진다.

그런데 불의 마법보다도 화력이 몇 단계 떨어져서 약간씩만 깎이다 만다.

그래도 내게 남아도는 마력에 기반한 무수한 마법으로 대가리를 날려 버리고 재생하기 시작한 어깨를 베고 허리 부분을 깨뜨려 동강을 낸다.

"됐다. 테토, 이제 가까이 가도 돼!"

「고!」

마치 기다렸다는 듯이 골렘의 몸통을 향해 내달리는 테토.

그리고 가지고 있던 날이 잘 드는 검이 아니라 내가 맨 처음에 준 날 무딘 검으로 꼼짝도 못 하는 골렘의 바위 몸을 쾅쾅 깎아 내기 시작한다.

사지를 잃고 움직이지 못하는 바위 골렘.

골렘의 핵과 몸은 저장된 마력을 써서 재생하니, 모종의 방법으로 마력을 회복해 다시 움직일 것이다.

하지만 그것도 사람의 손이 닿지 않으면 한두 달은 걸릴 것이다.

그렇게 되기 전에 골렘의 몸통을 깎는 테토가 검으로 핵을 힘껏 내려쳐 파괴한다.

그 순간, 보스 골렘이 사라지며 핵으로 쓰인 깨진 마석이 그 자리에 남는다.

「고!」

"테토, 먹어도 돼!"

던전의 보스인 만큼 상당히 큼지막한 골렘 핵의 파편이 흩어져 있고 테토는 그걸 주워 모은다.

그러고는 주워 모은 골렘의 핵이 사탕이라도 되는 양, 황홀해하며 소중히 하나씩 먹는다.

"자, 이로써 던전 공략은 끝났고. 이제——."

던전 보스를 쓰러뜨려서 던전의 방 중심에서 받침대에 놓인 구슬 모양의 큰 마석이 나타난다.

분명 던전 코어라 불리는 것이리라.

「고——.」

거대한 던전의 마석을 앞에 둔 테토가 골렘의 핵을 황급히 흡수하고는 내 옷소매를 당긴다.

"테토, 저거 먹고 싶어?"

「고, 고…….」

그렇다고 수긍하는 듯한 모습에 내가 쓴웃음을 짓는다.

"앞으로 마을로 가게 될 텐데 문제의 불씨가 될 수도 있는 던전 코어는 갖고 가는 것보다 테토가 흡수하는 게 낫겠지. 먹어도 돼."

내 허락이 떨어지자, 테토가 던전 코어로 손을 뻗는다.

그런데 골렘의 핵처럼 부숴서 흡수하는 게 아니라, 테토의 몸에서 넘쳐흐른 진흙이 던전의 마석을 감싸서 테토의 몸에 깊숙이 가라앉혀 흡수한다.

"어……. 이런 광경은 예상외인데."

그리고 던전의 기능이 정지한 순간, 난 우리의 발치에 전이 마법진이 번쩍여서 당황한다.

"이렇게 바로 강제 전이되는 것도 예상 못 했어! 잠, 깐——!"

이리하여 전이 공격으로 의식을 잃은 나는 깊은 잠에 빠져들었다.

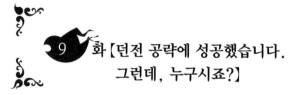

## 9화【던전 공략에 성공했습니다.
## 그런데, 누구시죠?】

정신을 차려 보니 태양 아래서 누워 있었다.

텐트를 칠 때 쓰는 알루미늄 돗자리 위에서 자고 있던 나는 천천히 몸을 일으켰다.

던전 공략 후에는 던전 밖으로 강제로 옮겨지는 모양이다.

뒤를 돌아보니 산에 있던 던전 입구가 사라졌다.

"테토가 옮겨 줬나."

돗자리에서 담요를 덮고 자고 있던 상황을 미루어 보아 그런 것 같은데 중요한 테토가 안 보인다.

"혹시 주변 경계라도 서러 나갔나? 일단 배 좀 채우자."

마법 가방에서【창조 마법】으로 미리 만들어 둔(?) 차를 꺼내 마시며 진정한다.

참고로 차는 애프터눈 티로 유명한 홍차 시리즈의 밀크티다.

설탕이 듬뿍 들어간 달콤한 밀크티를 마시고 조금 차분해졌는데 내가 있는 곳으로 무언가가 접근하는 걸 감지하고 반사적으로 옆에 둔 지팡이를 들어 바로 마법을 쓸 수 있게 대기한다.

그런데 빨가벗은 한 여자아이가 나를 보고는 웃으며 달려온다.

"아, 마녀님이 일어났다——!"

밝고 엷은 다갈색 피부에 갈색 머리칼, 호박색 눈동자.

열일곱 살 전후쯤 됐으려나, 분위기는 약간 앳된 느낌의 소녀가 탱글탱글한 흉부를 출렁대며 내게 다가온다.

"잠깐만, 알몸이잖아! 알몸! 그것보다 누구야?!"

"어……. 저를 못 알아보시겠어요?"

눈에 눈물을 글썽거리는 건강미 넘치는 미소녀에게 난처해하고 있는데 손에 낯익은 것을 들고 있었다.

중량만큼이나 튼튼하지만 무딘 검은 무언가를 때려잡았는지 피가 묻어 있다.

"혹시…… 테토야?!"

"맞아요! 역시 마녀님, 알아볼 줄 알았어요!"

"잠깐만! 알몸이라니까!"

검을 내팽개친 테토가 알몸으로 나를 끌어안는다.

클레이 골렘이었던 지금의 테토는 살짝 따뜻하고 밀어붙이는 가슴이 말랑하다.

왜인지 힐링이 되는 걸 느끼다가 퍼뜩 정신을 차린다.

"오, 옷! 옷 입자! ──《크리에이션》!"

나는 우선 【창조 마법】으로 테토의 옷을 만들었다.

상·하의로 심플한 속옷과 셔츠, 그리고 바지를 만들어 냈다.

"마녀님? 이게 뭐예요?"

"옷이야! 알몸 금지! 꼭 입어!"

"에이, 내내 입은 적 없잖아요……."

"클레이 골렘이었을 때의 부정형 몸과 확실한 인간 몸은 달라! 부탁이야!"

부탁이라고 할지, 명령하자 마지못해 옷을 입으려 하지만, 처음 경험하는 거라 제대로 입지 못한다.

테토에게 팬티를 입히려고 쭈그려 앉은 순간 본 것은——.


'……털이, 없어.'

게다가 팬티를 입히고 올려다보니 탄력 있고 풍만한 가슴이 눈앞에 있다.

앳된 얼굴을 한 쭉쭉 빵빵 미소녀에 털이 없고 백치미라니, 속성을 이거저거 때려 넣은 느낌이다.

"괜찮아. 앞으로 성장할 거야. 성장하겠지."

"음. 마녀님? 왜 그래요? 가슴이 답답해요?"

옷을 입은 테토가 이상하다는 듯이 가슴께를 부여잡은 나를 이상하게 쳐다본다.

"걱정 마. 그보다 테토는, 어떻게 이런 모습이 된 거야?"

"바위 골렘을 해치운 후에 던전 마석을 먹었어요. 근데 던전 마석에 정령님이 깃들어 있었거든요. 정령님과 합체했더니, 이렇게 됐어요."

"던전 코어의 정령……."

잡아 가뒀던 정령에게서 마력을 뽑는 바람에 던전이 이동한 건지도 모른다.

"그래서 테토가 흡수한 정령은, 어떻게 됐어? 테토의 정신은 클레이 골렘인 테토야? 아니면 정령이야?"

"음. 정령님은 던전 마석 속에서 마력을 계속 빨려서 자아가

없어요. 그리고 테토는, 테토예요."

그렇게 말하며 테토가 활짝 웃었지만, 나는 현 상황을 곱씹는다.

"자아가 붕괴된 정령의 힘을 흡수했다는 건가? 흡수할 때, 정령의 모습이 골렘 몸에 영향을 끼쳤나? 테토, 잠깐 확인하고 싶은 게 있는데, 괜찮을까?"

"그럼요, 마녀님!"

나는 던전에서 획득한 감정 외알 안경으로 테토를 보았다.

【테토(어스노이드)】

골렘 핵 마력 6590/12000

스킬【검술 Lv.2】【방어술 Lv.2】【땅의 마법 Lv.3】【괴력 Lv.1】

　　【마력 회복 Lv.1】【종속 강화 Lv.1】

테토에게는 여전히 골렘의 핵이 존재하고, 핵의 마력이 체력도 겸하는 느낌이다.

그리고 정령으로서의 【마력 회복】 스킬을 물려받았는지 천천히 핵의 마력을 회복하는 것 외에도 다양한 스킬을 얻고 강화된 모양이다.

"테토, 새로운 종족이 됐구나. 골렘에서 어스노이드로 바뀌었어."

"그래요?"

그다지 이해하지 못한 것 같은 테토의 모습에 나는 쓴웃음을 짓는다.

"테토, 이리 와. 스톤 골렘과 싸우느라 고생 많았지. 마력을 보충해 줄게."

"야호——. 마녀님의 마력, 좋아요——!"

마력에도 호불호가 있나, 생각하며 등에 손을 대고 테토에게 마력을 흘려보낸다.

"아아——."

테토가 온천에 몸을 담근 것처럼 기분 좋은 듯한 목소리를 낸다.

마력 보충이 끝나고 몸을 떨어트린 테토는 매우 활기찼다.

그때 문득 깨닫는다.

"그러고 보니 말이야, 테토. 너한테 준 검과 방패는 어쨌어?"

"네? 여기 있어요!"

그렇게 말한 테토는 클레이 골렘이었을 때와 마찬가지로 몸속에서 꺼내 보여 준다.

그때, 인간 같았던 몸의 일부가 점토질로 바뀌면서 안에서 부푼 질량 탓에 옷이 찢어지며 대자연 앞에 탱글탱글한 열매를 드러났다.

"……몸속에 보관할 수 있다는 건 알았어. 그렇지만 앞으로는 옷은 찢어지지 않게 조심해."

나는 내 망토를 벗어 테토에게 걸쳐 주었다.

내가 평소 걸치는 망토에 몸이 감싸인 게 기쁜지 싱글벙글하고 있다.

일단 물의 마법의 청결 마법인 《클린》으로 땀과 더러운 부분을 씻어 내긴 했지만, 체취가 덜 빠졌나.

어디서 목욕 좀 하고 싶다.

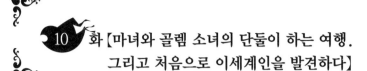

# 10화【마녀와 골렘 소녀의 단둘이 하는 여행. 그리고 처음으로 이세계인을 발견하다】

던전이었던 곳 앞에서 땅을 반반하게 다지고 어스노이드라는 종족이 된 테토의 속옷과 옷, 장비를 창조하거나 내 장비와 능력을 확인하며 시간을 보낸다.

참고로 던전을 공략했을 때의 내 스탯은 이랬다.


이름: 마녀(전생자)

직업: 마녀

Lv.37

체력 420/420

마력 2810/2810

스킬【장술 Lv.1】【원초 마법 Lv.3】【마력 회복 Lv.4】기타 등등…….

고유 스킬【창조 마법】


평소 자주 쓰는 건 이 정도다.

그 외에도 던전 지도를 그리며 습득한【지도 제작】스킬과 적에 대한【경계】, 함정의 존재를 알아차리는【감지】등의 스킬도 얻었지만, 그건 차차 설명하기로 하고.

그리고 이름이 무명에서 마녀로 바뀐 이유는, 아마 테토가 나를 마녀님이라고 불렀기 때문일지도 모른다.

감정 외알 안경으로 내 상태창을 확인해도 【전생자】라고 뜨지 않는다.

누군가 내가 전생자인 걸 알면 성가시니까. 한결 마음이 놓인다.

그나저나 내 이름은 뭐로 하면 좋을까.

"테토. 이번 여행에서도 계속해서 앞장서 줘."

"알겠어요, 마녀님!"

그런 대화를 나누고 나와 테토는 사람이 사는 마을을 찾아 걷는다.

앞장선 테토가 덤불을 검으로 헤치며 길을 터 준다.

그리고 땅의 정령과 융합해서 그런지 지면에 손을 대면 대지의 상태를 알 수 있는 모양이다.

"마녀님, 마녀님! 저쪽에서 물의 기운이 느껴져요!"

"알려 줘서 고마워. 만약 강이 있으면, 강길을 따라 하류로 내려가면 마을이 있을지도."

그렇게 말하고 우리는 물의 기운이 느껴진다는 방향으로 향한다.

그리고 물의 기운이 있는 곳에는 다른 생물도 모이기 쉬운지, 초식 동물과 초식 동물을 잡아먹는 마물 등과 맞닥뜨릴 확률도 높다.

"던전 밖에도 오크가 있구나. ──《윈드 커터》!"

"히이이익! 마녀님! 저 오크들, 왠지 기분 나빠요. 뭐랄까, 눈빛이 이글거려요!"

이전까지는 나만 여자로 보였지만, 골렘이었다가 인간이 된 테토는 객관적으로 봤을 때 쭉쭉 빵빵하고 앳된 미소녀다.

오크가 미소녀와 대치하면, 뇌가 하반신과 직결된 마물은 그런 눈으로 보겠지.

하지만 테토는 나의 동료다.

저속한 눈빛으로 보던 오크가 뇌와 하반신이 직결되지 않도록 잇따라 바람 날 마법으로 목을 날려 버린다.

숲에 오크들의 피 냄새가 퍼진다.

"자, 테토. 오크의 마석을 먹고 다시 출발하자."

"네, 마녀님!"

그렇게 우리는 조금씩 나아가며 해 질 녘 전에는 강가에 도착했다.

"여기서 쉬자. 오늘은, 그래. 카레가 먹고 싶어."

"와. 카레라면, 그 빵 안에 들어 있는 거요? 카레 정말 좋아해요!"

내 【창조 마법】으로 만든 카레빵에 흠뻑 빠진 테토에게 오늘 저녁은 즉석 카레를 대접하려 한다.

이제까지는 나 혼자 【창조 마법】으로 만들어 밥을 먹었지만, 인간화한 테토가 미각을 얻어서 둘이 함께 식사하게 되었다.

밥은 혼자보다 둘이 먹는 게 더 맛있다.

무엇보다 마석 말고도 먹을 수 있는 게 많아진 테토의 표정을 보면 즐겁다.

여담이지만, 테토는 먹은 것을 체내에서 부패시켜 분해하지 않고 흙으로 바꿔 자기 몸의 일부로 흡수한다.

"그럼, 결계를 치고 밥을 먹자."

기습 방지를 위해 결계를 치고 땅의 마법을 쓸 수 있는 테토의 도움으로 강가의 땅을 고르게 다진 뒤, 텐트를 쳐서 밥 먹을 준비를 한다.

오늘은 반합에 밥을 짓고, 밥이 다 되면 즉석 카레를 뜨거운 물로 데울 거다.

그리고 주전자로 끓인 온수로 인스턴트 수프도 만들고, 균형 잡힌 영양을 고려해 생채소 샐러드와 우유까지 만들어 내면 완성이다.

"자, 먹자."

"와──. 카레예요. 밥알 하나하나에 카레가 묻었어요!"

인간이 아닌 테토는 포만감을 느끼지 않아서 끊임없이 먹을 수 있다.

하지만 테토가 원하는 건 미각에 의한 만족감뿐이라서 먹는 양은 나보다 조금 더 많이 먹는 정도다.

그리고 나는 내 식사량을 본다.

나는 그리 많이 먹지 않는 소식가다.

먹는 양을 더 늘리면 분명 열두 살 난 내 밋밋한 가슴도 테토만큼은……

"어? 마녀님? 왜 그러세요?"

"아니야, 아무것도. 먹자."

그리하여 우리가 주변이 어두컴컴해지기 전에 밥을 먹기 시작한 무렵──.

무언가가 부스럭거리며 접근하는 소리에 나와 테토가 경계를 강화한다.

그리고 어두운 숲속에서 사람 그림자 여럿이 달려온다.

"뭐야?! 이런 곳에 여자애들이 있다니! 너희도 어서 도망쳐!"

우리 앞에 나타난 건 부상자를 부축하며 달리는 사람들이었다.

가죽 갑옷을 입고 무장한 그 사람들은 피와 흙으로 범벅되어 있고, 그들의 뒤로는 인간형 돼지 마물 오크 열 마리가 쫓아오고 있다.

심지어 지방이 아니라 근육질 몸에, 구릿빛의 오크가 이끄는 무리 중에는 요주의 경계 대상인 오크 위저드도 섞여 있다.

"테토! 출동!"

"네, 마녀님!"

곧바로 자기 무기를 손에 들고 뛰쳐나가는 테토.

골렘으로서의 높은 신체 능력으로 이쪽으로 도망치는 사람들의 머리 위를 뛰어넘어 선두에 선 구릿빛 피부를 한 오크의 대가리를 단칼에 쪼개서 죽인다.

"──《윈드 커터》!"

뒤이어 내가 오크 위저드의 목을 가장 먼저 바람 날로 베어 떨어트린 뒤, 근처에 있던 오크 세 마리도 마법으로 해치운다.

목이 날아간 오크들이 천천히 뒤로 쓰러지며 잘린 목의 단면에서 피가 뿜어져 나오지만, 어둑어둑한 숲의 그림자에 묻혀 여기서는 잘 보이지 않는다.

마물을 해치우고 난 뒤의 피 냄새와 내장들을 보는 건 익숙하지만, 아무래도 식사 중에 이러면 식욕도 사라진다.

그리고 테토가 오크 한 마리를 때려죽이면서 숫자가 반타작이 되니 오크들이 내빼기 시작한다.

"마녀님! 테토가 저 마물을 해치웠어요!"

"장해, 테토. 마석만 들고 와."

"네!"

출몰한 마물을 순식간에 쓰러뜨리고 느긋한 대화를 나누는 소녀 두 명을 앞에 두고, 도망쳐 온 사람들이 아연실색하고 있다.

"덕분에 살았어. 나는 모험가 라일이야."

자기소개를 한 모험가에게 대꾸하지 않고 나는 테토가 돌아올 때까지 남자 두 명에 여자 한 명 조합의 삼인조를 경계하듯 거리를 둔다.

이쪽 세계의 모험가도 같은지는 모르겠지만, 이전 생에서 본 창작물에서 모험가는 마물 토벌 등을 생업으로 삼은 사람들로, 선한 사람도 있고 악한 사람도 있었다.

우리를 보고 도망치라고 했으니 좋은 사람일지도 모르지만, 이쪽 세계에 없는 것을 창조할 수 있는 능력이 있다는 게 알려지면 아무리 착해도 돌변할 가능성이 있다.

그래서 나는 경계하며, 별안간 나타난 모험가 삼인조를 쳐다본다.

"꼬마 아가씨, 그렇게까지 경계하지 않아도 돼. 우리는 그저 마물에게서 도망쳐 왔을 뿐이야. 그리고 잠시만 곁을 빌릴 수 있을까?"

"그래. 다친 사람도 있으니 편하게 눕히는 게 좋겠어."

내가 경계하며 말한다.

보아하니, 아무래도 최소한의 무기 말고는 쫓기면서 버린 모양이다.

윗도리를 땅에 깔고 그 위에 괴로워하며 신음하는 다친 남성 모험가를 눕힌다.

그런 그들로부터 거리를 두고 떨어져서 바라보는 내 옆으로, 오크의 피가 묻은 마석을 든 테토가 돌아온다.

"마녀님! 마석 가져왔어요!"

"고마워, 테토. 그러면, ──《클린》. 자, 이제 말끔해졌어."

피가 튄 테토와 마석을 청결 마법으로 씻겨 주자, 테토가 기뻐하며 깨끗해진 마석을 자기 가방에 넣는다.

그렇게 일단락된 시점에서 나와 테토에게 모험가들의 리더가 말을 건다.

"조금 전에는 오크 무리의 처리를 떠넘겨서 미안했어. 그리고 이렇게 갑작스럽게 부탁해서 면목 없구나! 마법사 같아 보이니까 부탁 하나만 할게. 동생에게 상처가 낫는 회복 마법을 걸어 줘! 회복 마법을 못 쓰면, 포션만이라도 받을 수 없을까?! 치료비는 낼게."

라일이라는 모험가와 그의 곁에 있는 여성 모험가도 내게 간절히 부탁한다.

"……치료를, 이론만 알고 실제로 해 본 적은 없는데, 그래도 괜찮아?"

"부탁할게. 지금 기댈 만한 사람은 아가씨뿐이야."

나는 두 사람에게 물러나라고 한 뒤, 테토에게 주변을 경계해 달라고 하고, 감정 외알 안경으로 부상당한 남성을 본다.

'보기에는 상처가 깊지 않고 출혈도 많지 않아. 혹시 오크의 무기에 독이라도 발려 있었나?'

나는 마음속으로 그렇게 중얼거린다.

상처를 심각하게 보이게 했던 끈적하게 달라붙은 피는 거의 오크 피인 모양이다.

즉, 이들의 실력은 오크 한 마리나 몇 마리 정도는 이길 수 있지만, 열 마리 전후의 규모로 공격당하면 위험해질 정도라는 건가.

나는 머리 한구석으로 그런 생각을 하며 바로 치료와 관련한 마법을 쓴다.

"──《힐》, 《안티도트》!"

먼저 상처 부위를 막고 독을 정화한다.

"몸도 지저분하네. ──《클린》."

상처는 말끔히 나았다. 그리고 피와 때나 얼룩을 청결 마법으로 없앤다.

다만, 출혈로 인해 안색은 여전히 창백하다.

"치료는 끝났어. 그런데 피를 흘려서 당분간은 안정을 취해야 해. 그리고 음식은……. 없어 보이네."

"미안, 쫓기면서 전부 버렸어. 강을 건너서 냄새를 지우고 녀석들에게서 도망치려 했거든."

"잠깐만 기다려."

나는 텐트로 들어가【창조 마법】으로 먹을 것을 만든다.

바게트와 비슷하게 딱딱한 빵과 탱탱한 식감으로 데치거나 구워도 맛있는 소시지.

이 두 가지를 조리용 칼로 대충 썰어 소시지는 프라이팬으로 옮겨 담아서 옮긴다.

"테토, 간이 식탁 좀 만들어 줘."

"알겠어요. 으라차차!"

땅에서 확 하고 바위 식탁이 생기고 그 위에 식탁보를 깔고 바게트와 소시지가 들어간 프라이팬을 놓는다.

그러다 조금 전 치료한 남성이 몸을 떠는 것을 보고 내가 쓰던 담요 중에 남는 것을 라일이라는 모험가에게 건넨다.

"먹을 것과 침구는 줄게. 나는 이제 잘 테니까 알아서 먹고 자고 해."

드디어 잘 수 있다.

역시 열두 살의 몸으로 숲을 오래 걷는 건 힘들다.

그들은 그 상위종으로 보이는 오크에게서 도망칠 정도의 모험가다.

저들이 만약 내가 자는 동안에 기습으로 공격해도 테토라면 금방 처리할 수 있을 것이다.

## SIDE: 모험가 삼인조

"으, 으윽……. 여긴 어디지?"

"조, 존, 정신이 들었구나!"

"형, 내가…….."

동생 존이 정신을 차렸다.

아직 몸이 원래 상태로 돌아온 건 아니지만, 몸을 더듬더듬 만져 보며 상처가 없는지 확인한다.

"분명 오크의 칼에 찔렸는데……."

"우연히 만난 마법사 여자아이에게 치료해 달라고 부탁했어."

같은 파티를 맺은 궁사 안나가 모닥불에 빵을 구우며 소시지가 타지 않게 프라이팬에 굴리고 있다.

"마법사 여자아이?"

존이 신기해하며 자기 몸을 보니 고급 담요 한 장이 덮여 있고, 안나가 가리킨 곳에는 고급 텐트가 보인다.

그리고 텐트 앞에서 무릎을 끌어안고 불침번을 서고 있는 테토라는 이름의 검사 소녀를 쳐다봤다.

"저 애 말이야?"

"아니, 텐트 안에서 자는 열두 살 정도 되어 보이는 여자애야. 추격해 온 오크 무리를 마법으로 처리하고, 너를 치료해 주고,

먹을 것과 그 담요를 빌려줬어."

"대체 왜 이런 곳에 어린애가……. 게다가 오크를 해치울 정도로 실력이 좋다고?"

기절해 있던 탓에 의아해하는 존.

어떻게 봐도 두 소녀의 사정이 있어 보이는 여행 이야기를 영민을 수가 없다.

그것이 이런 마물 천지인 숲이라면 더욱이.

하지만 고급 침구와 부드러운 빵, 향신료로 양념한 소시지, 그리고 귀하게 자란 듯한 마법사 소녀와 그 아이를 지키는 검사 소녀를 보고 문득 드는 생각 하나.

"무버드 제국 정변 소문은 들은 적 있지?"

"응, 산 너머에 있는 제국에서 일어난 국왕 교대극(交代劇) 말하는 거잖아."

존에게 구운 빵과 소시지를 건네며 안나가 고개를 끄덕인다.

우리가 사는 변두리 마을 다릴에서 더 들어간 산 너머에 무버드 제국이라 불리는 나라가 있다.

그 나라는 지금, 황태자파와 황제의 동생파가 싸우고 있었다.

그러다 결과적으로는 황제의 동생이 황제가 되어 황태자 파벌을 숙청하기 시작했다는 소문이 들려왔다.

"혹시, 그 정변에서 도망쳐서 산을 넘은 귀족의 자녀 아니야?"

"……그럴지도 모르지. 그런 거라면, 이 무모해 보이는 여행도 설명이 돼. 게다가 마법 지상주의인 제국의 귀족은 마법 교육을 받는다고도 하니까, 귀족 영애와 그 영애를 호위하는 검사일지도……."

식량도 겉으로 보이는 것보다 더 가지고 있는 걸 생각하면, 조국에서 쫓겨 희귀한 마법 가방을 챙겨 산을 넘어온 것이리라.

그런 마법 가방에 든 먹을 것을 우리 같은 일면식도 없는 모험가를 대하는 좋은 성품과 약한 경계심을 봐서는 날 때부터 보호받는 위치에 있었다는 뜻일 것이다.

만약 그렇다면, 그런 상황을 겪은 여자아이에게 도와 달라고 요구한 본인들이 한심하게 느껴진다.

"그러고 보니, 형. 나를 치료해 주고 먹을 것을 나눠 준 대가로 뭘 원한대……?"

"아무 말도 없었어. 너는 아무 걱정하지 마. 어떻게든 치를 테니까."

그보다 중요한 건 지금 우리가 맡은 의뢰다.

저 소녀들이 쓰러뜨린 마물은, 오크 워리어와 오크 위저드다.

우리가 놈들에게 쫓기기 전, 놈들의 상위종인 오크 나이트와 맞닥뜨려, 한 마리를 간신히 쓰러뜨렸다.

그리고 정찰하던 중에, 오크 부락이 있는 것을 발견했다.

오크 부락에는 오크 나이트 외에도 워리어, 위저드 등의 상위종이 다수 존재하고 그 중심에는 오크 킹이 있는 것도 확인했다.

이번 정찰 의뢰로 입수한 정보를 마을로 돌아가 전달하고 즉시 토벌대를 편성해야 한다.

그것이 C등급 파티【바람을 타는 매】의 임무다.

마녀와 그의 종자 테토를 좋은 쪽으로 오해한 모험가들은 힘

을 온존하기 위해 마녀와 마찬가지로 일찍이 잠자리에 들어 쉬
었다.

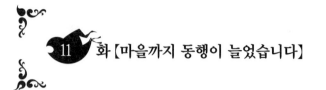

# 11화 【마을까지 동행이 늘었습니다】

아침에 눈을 뜬 나는 텐트 안에서 기지개를 켠다.

《클린》 마법으로 몸단장하고 평소처럼 모자가 달린 망토를 걸치고 지팡이를 들고 텐트 밖으로 나간다.

"마녀님, 안녕히 주무셨어요!"

"테토, 좋은 아침."

텐트 앞에서 보초를 서 준 테토가 고개를 들었다.

어제 구해 준 모험가들도 일어나 있었다.

"오, 아가씨, 일어났어? 좋은 아침."

"좋은 아침."

짧게 인사한 나는 허리에 찬 마법 가방에서 아침 식사를 꺼내 바위 식탁에 올려놓는다.

"식사들 해. 이왕 돕는 거 한 번 돕나, 두 번 돕나 마찬가지니까, 사양하지 말고."

"정말 고마워. 그건 그렇고, 우리를 도와준 사례 말인데……."

그 말에 다친 모험가를 치료할 때 보수를 요구해야 한다는 생각을 까맣게 잊었다. 거기다 식사도 두 끼나 제공했다.

'이쪽 세계에서는 치료 행위는 값어치가 얼마일까? 그리고 이런 숲에서 구할 수 있는 식사는?'

후지산 정상에 설치되어 있는 자판기의 가격은 산 아래에 있는 일반 자판기보다 세 배에서 다섯 배 정도 비싸다고 들었다. 그리고 상황도 상황이다. 식사를 포함해 전부 다 해서 세 배에서 다섯 배 받으면 되겠지.

"그렇지, 참. 치료는 보통 얼마 받아?"

"가만있자. 최소 은화 한 닢부터 시작하고 상한선 없이 부르는 게 값이야. 동생의 부상 같은 경우에는 은화 열 닢 이상은 될 거야."

겨우 그 정도 마법으로 은화 열 닢이라니, 바가지가 심한 거 아닌가.

뭐, 회복 마법도, 제공한 식사도 내 마력으로 만든 거라 열 닢 정도의 비용은 들지 않았다.

게다가 실패할 수도 있었던 처음으로 시도한 회복 마법이었다.

그러면 최저 가격인 은화 한 닢을 기준으로 네 배만 올려서 받을까.

"치료비와 식사비 합쳐서 은화 넉 닢만 받을게."

"뭐?!"

놀라 소리친 남성에 비해 별일 아니라는 듯 대답한다.

"딱히 지금 말고 마을로 돌아가서 줘도 돼."

"아니, 지금 당장 줄게!"

모험가 라일이 그렇게 말하고는 부츠 밑창과 방어구 뒤에 숨겨 뒀던 은화를 꺼내, 동료 모험가 안나 씨가 가진 돈과 합쳐서 은화 넉 닢을 내게 내민다.

"이거면 될까?"

"……잘 받을게."

솔직히 말해서 부츠에 숨겼던 은화를 받는 건 기분상 별로 좋지는 않다.

찝찝한 느낌이 들어서 청결 마법 《클린》으로 깨끗하게 한 뒤 멸균 소독까지 한다.

부츠 속에 돈을 넣어 다니는 이유는 만일을 대비한 자금일 수도 있다는 얘기이리라.

그와 동시에 금속 화폐의 금속 이온에 의한 살균 효과로 무좀 방지도 되는 선조의 지혜가 아닐까? 하고 알아차리고는 의외로 얕잡아 볼 수는 없겠다는 느낌이 들었다.

"뭐 하나 물어봐도 될까?"

"뭔데? 생명의 은인이니까 내가 아는 거라면 얼마든지 답해 줄게!"

"이 강을 따라 내려가면 사람이 사는 마을과 연결돼 있어?"

"맞아. 우리가 사는 변두리 마을 다릴이 있어. 아가씨만 괜찮으면 같이 가지 않을래?"

이런 제안을 하리라는 것은 나도 자기 전에 예상했다.

상처는 나았다지만, 아직 몸이 원상태로 돌아온 건 아닌 모험가를 부축하며 마을로 돌아가는 것보다는 느려도 오크 무리를 처리할 수 있는 우리와 함께 가는 편이 안전하니까.

그리고 나는 이들에게서 이세계 정보를 흡수할 계획이다.

"그래, 상관없어. 테토도 괜찮지?"

"테토는 마녀님의 뜻에 따를 거예요."

나와 테토가 그렇게 말하자, 라일 씨가 안도한다.

"그러면 우리가 아침 식사를 마치고 출발해."

내가 그렇게 말하며 테토와 함께 아침을 먹는다.

오늘 아침은 라일 씨 일행에게 의심받지 않게 같은 것을 준비했다. 나만 마력량을 올리기 위해【신기한 나무 열매】를 몰래 먹는다.

운이 좋게도 오늘은 마력 상한이 5씩이나 올랐다.

"다 먹었는데……. 다친 모험가는 아직 빈혈이 있지?"

"미안. 잠깐만 기다려 줘."

부상을 당한 존이라는 모험가는 본인을 도와준 내게 미안해하지만, 나는 부상자를 채찍질할 마음은 없다.

"잠시만 기다려 주겠어?"

나는 마법 가방에 저장해 둔 먹을 것 두 가지를 꺼낸다.

하나는 철분이 풍부한 과일잼.

또 하나는 일반 요구르트다.

과일잼과 요구르트를 다른 용기로 옮겨 담아 섞어서 존이라는 모험가에게 건넨다.

"이거 먹어 봐. 약처럼 효과가 바로 나타나지는 않지만, 안 먹는 것보다는 나을 거야."

"그래, 고마워. 아아, 새콤달콤해서 맛있어."

천천히 들이켜는 존 씨를 보고 라일 씨가 내게 묻는다.

"여러모로 도움만 받아 미안하네. 근데 저건 무슨 약이야?"

"약은 아니고, 프룬이란 과일로 만든 잼과 우유를 발효한 요구르트를 섞은 거야. 프룬이 빈혈에 좋거든……. 여자들 달거리에도 잘 들어."

"그게 정말이야?! 잠깐, 나도 좀 줘 봐!"

"아, 싫어! 이건 나한테 준 거라고!"

이쪽 세계에도 요구르트가 있는지 라일 씨가 납득한다. 반면, 여자인 안나 씨는 다쳐서 빈혈기가 있는 존 씨의 프룬 요구르트를 빼앗으려 하고 있다.

모험가라는 직업상, 여자는 현지 조사나 건강 관리 미흡, 전투 스트레스로 생기 주기가 불규칙적이라 고민이 많았을 것이다.

그리고 내 뒤에서는——.

"마녀님~, 저거 맛있어 보여요……."

"하아, 알았어. 테토도 만들어 줄게. 안나 씨도 줄 테니까 진정해."

결국, 【창조 마법】으로 저장해 둔 프룬 잼과 요구르트가 사라져 간다.

잼에 설탕을 듬뿍 넣어 만들어서 달다. 기쁜 듯이 먹는 테토와 안나 씨.

그리고 자꾸 고맙다고 하는 라일 씨.

이쪽 세계에서는 설탕 같은 단맛이 나는 건 고급품인가.

"다 먹고 나면 정리하고 마을로 출발하자. 라일 씨, 안내 부탁할게."

"그래, 알겠어."

'가장 연장자인데도 어린 내게 페이스가 흐트러지는 건 괜찮은 걸까'라며 약간 걱정하면서도 다 같이 출발한다.

"마을은 지금부터 점심 지나서는 보이긴 하겠지만……."

"이동 속도가 느리니까 점심보다는 좀 더 늦게 도착하겠지."

프룬 요구르트를 먹고 철분을 보충했어도 바로는 회복이 되지 않는 존 씨는 천천히 걷고 있다.

하지만 그보다도 내가 걸음이 느려서 존 씨에게 부담이 되지 않을 속도로 나아간다.

아마 마을에는 저녁 무렵에나 도착할지도 모른다.

뭐, 선두에서 즐겁게 걷는 천진난만한 테토를 보고 있으면 아무럼 어떤가 싶다.

단지──.

"아윽──, 마녀님~."

바위 밭에서 발이 미끄러져 강으로 떨어진 테토가 내게 울고불고한다.

클레이 골렘이라 흙덩어리로 이루어진 몸이 물에 녹지는 않을지 걱정했지만, 괜찮은 모양이다.

단지, 물에 젖은 채로 달라붙는 건 안 했으면 싶었다.

"그래, 알겠어. ──《브리즈》."

건조 바람 마법인 《브리즈》 주문을 외자, 옷에서 순식간에 물기가 날아간다.

어안이 벙벙한 테토가 '에헤헤' 웃으니, '못 말린다'라며 내 표정도 풀린다.

"그러고 보니 꼬마 아가씨하고 제대로 통성명도 안 했네. 우리는 【바람을 타는 매】라는 이름의 파티를 맺고 활동 중이야. 나는 리더 라일. C등급 모험가로 전위 검사를 맡고 있어."

"라일 형 동생인 존이야. 나도 C등급 모험가이고, 정찰과 함정 해제의 척후를 담당하지."

"나는 안나. C등급 궁사야."

각자 자신을 소개하는 【바람을 타는 매】. ──마을에서는 【바람 매】의 일원으로 불린다고 한다.

"테토는 테토예요! 그리고 마녀님이에요!"

"이 녀석, 테토!"

테토가 멋대로 소개했지만, 시선은 마녀님이라 불린 내게 쏠린다.

마녀는 이름이 아니다. 현재, 나는 이름이 없는 상태다.

이렇게 된 이상, 이 자리에서 내 이름을 지을 수밖에.

"내 이름은── 치세야. 마녀, 치세."

즉흥적으로 지은 거지만, 탁 하면서 내게 딱 맞는 느낌이 든다.

"그렇구나, 치세와 테토라고. 다시 한번 잘 부탁해."

"응, 잘 부탁해."

"옷깃만 스쳐도 인연이라더니, 이런 걸 말하나."

통성명하고 나니 한층 가까워진 기분이 든다.

바람 매의 일원들이 그들이 놓인 상황을 얘기해 준다.

"실은 우리는 의뢰를 맡고 이 숲을 조사하러 왔어."

"숲을 조사해?"

"응, 오크 목격 정보가 많아서 말이지. 숲의 이변을 조사하러 온 거야."

그러다가 숲 안쪽──, 우리와 만난 장소에서 좀 더 안쪽에 오크의 부락이 있었다고 한다.

게다가 그 부락에서는 우리가 본 피부가 검은 오크 워리어와 마법을 쓰는 오크 위저드 같은 상위종이 태어나고 있고, 심지어는 그들을 통솔하는 오크 킹도 있다고 한다.

"그럼, 얼른 기사들이나 모험가를 모아서 토벌하는 게 낫지 않아?"

"맞아. 그러려면 마을로 돌아가 보고를 먼저 해야 해. 그때 치세와 테토가 없었다면 우리는 보고도 못 하고 죽었을지도 몰라. 고마워."

감사 인사를 들으니 어쩐지 간질거리는 느낌이 들어 모자 끝을 쥐고 얼굴을 가린다.

강가에서는 마물이 잘 나오지 않는지, 몇 번인가 쉬면서 마을로 향한다.

그리고 강을 따라 내려온 뒤, 숲을 빠져나와 평원에서 길을 발견해 어찌어찌 성문이 닫히는 해 질 녘 전에는 마을에 도착했다.

"성문은 동쪽과 서쪽에 있어. 우리가 나온 숲은 북북이야. 두 사람은 어느 쪽에서 왔어?"

"우린 그 숲 너머에서 왔어."

"그러면 저 산을 서쪽에서 돌아서 오는 루트였겠군. 거기는 제국과의 국경 지대라서 전장이 되기 십상인 곳이야."

"서쪽? 동쪽이 아니라?"

우리가 지나온 곳에서 살짝 벗어났는지 고개를 갸웃하며 되묻자, 이번에는 반대로 라일 씨 일행이 의아해한다.

"그 산의 동쪽은 아주 먼 옛날에 신이 친 결계가 지금도 남아 있다는 얘기가 있어. 누구도 출입할 수 없다고 들었는데."

"……그렇구나, 내가 착각했나 봐."

신이 친 결계——, 자신을 리리엘이라고 소개했던 여신과 관련이 있을지 생각하며 고개가 갸우뚱해진 나는 이 변두리의 지리에 관해 라일 씨에게 배운다.

내가 전생한 황야에서 남동쪽으로 가면 가르드 수인국(獸人國).

북서쪽으로 가면 무버드 제국으로 들어간다고 한다.

그리고 현재 와 있는 이곳은 내가 전생한 황야에서 봤을 때, 남서쪽에 있는 이스체어 왕국의 북방 변두리에 위치한 다릴 마을이라고 한다.

"자, 우리는 모험가 줄에 서자."

"나와 테토는 여행객 줄에 서야 하는 거 아니야?"

"무슨 소리야, 너희는 우리의 은인인데. 함께 들어갈 수 있게 문지기와 교섭해 줄게."

성문에는 상인용 줄과 여행객용 줄, 그리고 모험가 등의 줄로 나뉘어 있는데 우리는 모험가 줄에 섰다.

그리고 의뢰를 마치고 마을로 돌아오는 모험가들을 환영하는 문지기들이 라일 씨 일행을 발견한다.

"라일…… 어떻게 된 거야! 그저께 짊어지고 간 짐은 없고, 존

은 장비도 너덜너덜해지고 옷도 찢어졌잖아!"

"의뢰 수행 중에 실수를 좀 해서 말이지. 이쪽의 여행객 아가
씨들이 도와줬어."

"하아~, 아무튼 무슨 일이 있었는지는 모르겠지만, 무사해서
다행이야. 아가씨들도 그냥 들어가도 돼."

마을로 들어갈 때 가벼운 질문을 하고, 통행세를 요구했다.

나와 테토의 통행세는 라일 씨에게 치료비로 받은 은화로 냈다.

"통행세는 돌려주지 않아. 하지만 길드에서 신분증이 되는 길
드 카드를 만들면, 다음부터는 통행세를 안 내도 돼. 자, 거스름
돈 대동화(大銅貨) 여덟 닢."

그렇게 말하며 내게 잔돈 대동화 여덟 닢을 건넨다.

"대동화?"

"처음 봐? 동화 열 닢이 대동화 한 닢, 대동화 열 닢이 은화
한 닢이야."

그리고 은화 열 닢이 소금화(小金貨) 한 닢이며 그 윗단위는 대
금화(大金貨)란다.

국가 결제에서는 마법 금속으로 만든 화폐도 있다고 한다.

그리고 포장마차와 식당에서의 식사 한 끼가 동화 다섯 닢
전후, 빵집의 빵은 동화 두 닢이라고 간단히 물가 지표를 알려
준다.

"그렇구나, 알려 줘서 고마워."

나는 작은 가방에 잔돈을 넣고 성문을 통과한다.

그리고 시내 대로에 있는 포장마차에서 대략의 물가를 파악하

며 걷다가 정신을 차리니 검이 교차한 문장(紋章)을 게양한 건물
에 이르러 있었다.

"여기가 우리의 모험가 길드야."

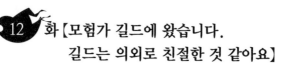

# 12화 【모험가 길드에 왔습니다.
## 길드는 의외로 친절한 것 같아요】

나는 의뢰를 마치고 복귀한 사람들로 북적거리는 모험가 길드에 라일 씨 일행과 함께 들어간다.

망설임이라고는 없이 앞만 보고 걷는 라일 일행. 마을을 떠날 때 갖고 간 짐도 없고, 행색이 너덜너덜해져 말이 아닌 존 씨를 보고 주변의 모험가들이 술렁거린다.

"라일 씨, 다녀오셨습니까. 모습을 보아하니 순탄치 않았던 모양인데 무슨 일이 있으셨어요? 그리고 옆에 계신 두 분은 누구시고요?"

길드 접수원인가. 나이는 열여덟 전후로 귀엽게 생겼다. 다람쥐처럼 동글동글한 눈이 신기하다는 듯 나와 테토를 본다.

"의뢰 보고부터 하고 싶어. 그리고 여기 두 사람은 의뢰 수행 중에 우리를 구해 준 은인이야."

"알겠습니다. 그럼 보고는 별실에서 받지요. 두 분께서는……."

"길드에 가입하고 신분증을 발급받고 싶어요. 그리고 소지품을 팔아 돈으로 바꾸고 싶습니다."

"그러면 별실 쪽에서 길드 가입과 물품 환금을 도와드리겠습니다."

그래서 나와 테토는 라일 씨 일행과 갈라지고 별실로 안내받

앗다.

신참 모험가보다도 의뢰를 마친 현역 모험가를 더 우선시하는지 대하는 태도가 그저 그렇다.

곧 저녁이니 어딘가 숙소를 잡고 침대에 눕고 싶다.

기다리는 동안 테토도 내게 응석을 부리듯 장난을 치지만, 등에 닿아 느껴지는 말랑거리는 가슴과 테토의 좋은 체취에, 나도 마음이 편해진다.

그리고 별실 소파가 편한 나머지 나는 그대로 테토에게 기대어 잠이 들고 말았다.

"어럽쇼? 마녀님, 주무시는 거예요? 그럼 테토가 지켜 드릴게요."

그렇게 말하는 목소리가 들린 듯하다.

SIDE: 모험가 삼인조

"그렇군, 오크 킹의 존재를 확인했다고."

"네. 정찰할 때 오크 나이트와 교전했습니다. 두 번째 교전에서 존이 다쳐서 치세 아가씨 일행의 도움을 받아 마을로 돌아올 수 있었습니다."

이번 일을 의뢰한 길드 마스터가 우리의 얘기를 듣고 무언가 골똘히 생각하는 얼굴을 한다.

"오크 킹 토벌은 B등급. 게다가 부락 쪽에는 상위종이 섞인 오크 집단이 200이라. 과거 상황과 비교해 보고 B등급을 주력으로 하고, C등급과 D등급 파티를 중심으로 의뢰를 내지. 그때는 너희도 제대로 일해 줘야 해. 일단 그때까지는 쉬면서 장비를 갖춰 둬."

험상궂은 표정의 길드 마스터가 우리에게도 오크 집단 토벌 명령을 내려서 고개를 끄덕인다.

그렇게 기나긴 보고를 마치고, 깊은 한숨을 내쉰 길드 마스터가 물었다.

"그건 그렇고 너희를 도와줬다는 아이들 말이야. 정체가 뭐냐? 보고 들은 바로는 물의 마법으로 존을 치료하고 바람의 마법으로 오크 위저드를 처치한 마법사에, 오크 워리어의 정수리를 일격에 내려찍어 깨부수고 땅의 마법도 쓸 수 있는 검사면 단독으로도 D등급 수준인데, 경우에 따라서는 C등급에도 준하는 실력자 아니야?"

가장 먼저 오크 위저드를 노린 판단을 미루어 보아, 이전에 교전해 봤든가, 지식으로 성가신 존재라는 걸 알았든가 둘 중 하나다.

게다가 희귀한 마법 가방도 갖고 있다.

그것만으로도 모험가의 눈으로 봤을 때 치세와 테토, 두 사람 꽤 쓸모가 있다.

"저희가 생각하기에는 그 아이들…… 마법사 치세는 제국의 정변에서 도망친 귀족 영애가 아닐까 싶어요. 그런데 테토 양은 뭐라고 할까, 기사 같지도 않고 메이드 같지도 않아요. 뭐라고 해야 할지 어렵네요. 하지만 나쁜 애는 아니에요."

"어쩐지 세상 물정을 모르는 것 같더군요. 마법 실력은 좋은데 대동화가 뭔지도 모르더라고요. 거기다 일면식도 없는 저를 치료도 해 주고 여러모로 마음을 써서 돌봐 준 착한 아이입니다. 게다가 숲속에서 치료해 줬는데 식사비 포함해서 은화 넉 닢밖에 안 받았어요. 그 정도 상처를 신관에게 회복 마법을 걸어 달라고 부탁하면, 치료만으로도 은화 열 닢 이상은 뜯어가기도 하는데 말이죠."

"본인들도 힘들 텐데, 정이 많은 아이들이었지."

그렇게 말하며 보고하는 라일과 존 형제 모험가의 얘기에 길드 마스터도 고민한다.

"정변에서 탈출했다면, 설령 귀족이었을지라도 평민으로 취급돼. 하지만 집에서 챙겨 나온 물건이 도난품이 아닌 이상, 매입할 거고, 실력이 아무리 좋아도 여자애들이야. 숙소는 안전한 곳을 추천하지."

"마스터, 고맙습니다."

고개 숙여 감사 인사를 하는 내게 길드 마스터가 흥 하며 콧김을 뿜는다.

험상궂게 생기긴 했어도 사실 여자애들에게 다정하다.

SIDE: 마녀

잠에서 깨니 저녁이 되어 있었다.

도중에 남자 길드 직원이 들어왔는데, 피곤할 거라며 깨우지 않았다고 한다.

그렇게 시간이 흐르다 이제는 슬슬 깨우는 게 낫겠다고 생각한 테토가 흔들어 깨워서 일어난 것이었다.

"마녀님~, 일어나세요. 마녀님~."

"음…… . 테토, 5분만 더~."

"저 사람, 곤란해해요~."

그 말에, 나는 졸린 눈을 비비며 눈을 뜬다.

아무래도 알게 모르게 정신적으로 피곤했던 모양이다.

잠에 취한 눈으로 청년 길드 직원을 쳐다본다.

"안녕. 길드에 등록해 주러 왔는데, 괜찮을까?"

부드러운 미소를 짓는 남성에게 멍하니 고개를 끄덕인다.

"……네, 부탁드립니다."

내내 쓰고 있던 망토의 모자를 벗고, 고개를 꾸벅 숙이자, 놀란 듯이 눈이 휘둥그레져서는 미소를 짓는다.

"그러면 길드 설명부터 할게——."

마력 치트인 마녀가 되었습니다 ~창조 마법으로 자유로운 이세계 생활~ 1

길드에 관한 설명을 듣자 하니, 쉽게 말해서 심부름센터라고 한다.

등급이 위부터 S에서 G까지 있다.

살인과 폭행, 사기, 공갈 등 사회 통념상 범죄에 속하는 건 하면 안 된다.

그리고 죄를 지으면 길드의 【죄업 판정 보옥】으로 조사를 받는다.

간단하게 말하면 이 정도다.

"그럼, 먼저 이 서류를 작성해 줘."

"네."

서류 내용은 이름과 잘하는 것 정도다.

그러고 보니 이쪽 세계의 문자를 처음 보는데도 왜인지 읽고 쓰기가 된다.

그에 비해 테토는 펜을 든 채 굳어 있다.

던전 코어에 잡혀 있던 정령의 힘을 흡수해 언어 능력을 획득했지만, 문자는 습득하지 못했나 보다.

"테토 서류도 내가 쓸게……. 그런데 길드에 가입 못 하는 종족도 있어요?"

"가만있자, 인간과 수인, 엘프, 드워프, 용인(竜人) 같은 종족은 등록할 수 있어. 하지만 마족이라 불리는 종족은 인간을 적대시해서 가입이 어렵지."

인간을 적대시하기에 살인과 폭행, 공갈 등 조금 전 설명해 준 사회 통념상의 범죄를 저지르기도 하고, 토벌 대상이 되는 경우도 많단다.

"뭐, 마족은 방금 말한 종족 이외의 존재를 묶어서 표현하는 말인데, 개인주의적인 면이 있거든. 개인주의라서 인간과 공존한 마족도 있지만, 그건 극소수야. 혹시 옆에 있는 아이가 마족이야?"

"정령과 관련이 있는 종족이라는 것밖에 몰라요."

테토의 종족명인 어스노이드에 관해서 어떻게 얼버무려야 할지, 경우에 따라서는 테토는 가입시키지 말아야겠다고 생각하는데, 청년 길드 직원이 밝게 웃는다.

"그러면 괜찮을 듯싶은데. 엘프는 물과 바람, 빛의 정령이 기원이라고 전해지고, 드워프는 불과 땅이 기원이라고 하잖아. 용인도 인간과 드래곤이 서로 사랑해서 탄생한 후예라고들 하니까 정령이 기원인 희귀 종족이나 혼혈이라고 해도 별로 신경안 써."

그 말을 듣고 안심하지만, 길드 직원이 태도를 바꿔 테토를 걱정하는 목소리로 말한다.

"그렇지만 인간 지상주의가 만연한 지역과 국가도 있어. 그런 곳에서는 숨겨야 일이 원만하게 진행될 거야."

"……네, 명심할게요."

나는 순순히 수긍하며 길드 등록 용지를 제출한다.

"이제 등록비로 은화 석 닢을 내면, 길드 카드를 줄게."

"죄송해요. 지금은 돈이 없어요."

존 씨를 치료해 받았던 보수는 은화 석 닢에 대동화 여덟 닢이남았다.

길드 등록비가 한 명 몫밖에 없다.

"팔고 싶은 물건이 있다고 들었으니 우선 길드에 등록한 후에 차액을 계산하는 거로 하자. 만약 물건을 팔아도 등록비를 다 내지 못하면 길드에서 대출로 달아 둘게."

"부탁드릴게요."

"그러면 범죄 이력을 확인한 후에 두 사람의 카드를 줄게. 카드에 마력을 흘려보내면 등록이 완료돼."

설명을 들은 나와 테토는 차례로 보옥에 손을 얹었지만, 딱히 죄를 지은 적은 없기에 무죄를 나타내는 청색 판정이 뜬다.

그렇게 받은 카드에 마력을 흘리니, 내 이름이 길드 카드에 입력되고 상태창을 확인할 수 있다.


**이름: 치세(전생자)**

**직업: 마녀**

Lv.37

**체력 420/420**

마력 2815/2815

**스킬 【장술 Lv.1】【원초 마법 Lv.3】 기타 등등······.**

**고유 스킬 【창조 마법】**


대충 이런 느낌으로 심플하다.

그리고 숨기고 싶은 항목을 손가락으로 문지르며 감춰 달라고 빌면 사라지므로 【전생자】라는 종족 항목과 고유 스킬 항목을 없앤다.

이어서 테토의 상태창도 같지만, 골렘 핵의 마력이 체력도 겸하므로 이름과 검술 등의 무난한 스킬 이외에는 전부 비공개로 돌린다.

이리하여 나와 테토는 모험가라는 신분을 손에 넣었다.

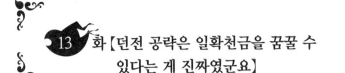

# 13화 【던전 공략은 일확천금을 꿈꿀 수 있다는 게 진짜였군요】

"이것으로 길드 등록은 마쳤어. 마지막으로 한 가지만 물어볼게. 오늘 묵을 숙소는 구했어?"

청년 길드 직원의 질문에 나는 고개를 젓는다.

"잡아 둔 곳은 없어요. 우선 소지품을 판 뒤에 생각할래요."

"그러면 여기서 바로 진행할까? 물건들 좀 보여 줄래?"

그 말을 들은 나는 테토와 함께 공략한 던전에서 발견한 보석을 차례대로 꺼낸다.

솔직히 말해서 여자 둘이 마법 가방에서 보석을 이만큼이나 꺼내는 건 이상한 일일 텐데도 청년 직원은 캐고 들지 않고 흰 장갑을 끼고 살펴보기 시작한다.

"이건……. 오호."

뭐에 감탄했는지는 모르겠지만, 앞에 둔 종이에 감정한 보석의 가격을 쓴다.

그리고 감정을 전부 끝내고 '후우' 하고 긴 한숨을 내쉰다.

"조만간 오크 킹 토벌을 위한 보수 자금도 확보해 둬야 하기는 하지만, 이것들 전부 살 정도의 예산은 있어."

그러고는 길드에서 매입한 보석 장식품과 보물을 마땅한 곳에 갖다 팔면 더 큰 이득을 볼 수 있다고 넌지시 일러 준다.

"실례지만, 감정 평가서 좀 보여 주세요."

"그래, 여기."

나는 건네받은 감정가를 확인한다.

보석 장식품은 금속적인 값어치는 어느 정도인지, 디자인은 실용적인지, 보석의 크기는 얼마나 되는지 등으로 종합적으로 판단하는 모양이다.

은 제품이면 은화 다섯 닢 전후, 금제품이면 은화 스무 닢에서 서른 닢 전후이고, 보물의 유무에 따라서도 약간씩 다르다.

"대금화 열다섯 닢이라……."

내가 그렇게 중얼거리며 생각한다.

화폐 가치는 동화 한 닢에 100엔, 대동화가 1,000엔, 은화가 10,000엔, 소금화가 100,000엔, 대금화가 1,000,000엔쯤 하는 것 같다.

그렇다면 대금화 열다섯 닢을 계산해 보면, 15,000,000엔 정도 되는 것이다.

이세계의 물가를 정확하게 파악하지는 못했지만, 던전에서 획득한 보물 일부만 팔아도 검소하게 생활한다면 당분간은 살 수 있을 것 같다.

게다가──.

"그럼 이 마법 가방과 감정 외알 안경, 그리고 이건 화염탄과 바위를 쏠 수 있는 지팡이인데요……. 이런 것들은 얼마나 받을 수 있어요?"

"어?! 마도구를 팔아 주려고?"

"안 팔아요. 그냥 참고하려는 거예요."

"그럼 그렇지. 뭐, 판다고 해도 거기까지 매입할 예산이 없어. 하하하……."

내가 딱 잘라 말하니, 청년이 낙담하며 어깨를 내뜨렸지만, 대략적인 가격대를 알려 주었다.

"마법 가방은 용량과 내부 시간 경과에 따라 가격이 다르지만, 못 받아도 최소 대금화 다섯 닢부터 시작하고 상한선은 없어. 부르는 게 값이지. 감정 외알 안경은 살펴볼 수 있는 레벨에 따라 다른데 소금화 다섯 닢부터 쉰 닢, 일회용 마법 지팡이는 최소 시세가 은화 석 닢은 될 거야."

하긴, 마법 가방이 대형 수송용 트럭을 휴대할 수 있다고 생각하면, 수천만 엔부터 수억 엔의 가치가 있겠지.

국가의 군사 행동과 모험가의 던전 공략에의 필요성을 고려하면 그 정도 가치가 매겨지는 게 이해된다.

그리고 감정 외알 안경도, 겉보기에는 그냥 단안경인데 보석 장식품을 전부 합쳐도 그보다 값이 비싸다.

거기다 【창조 마법】으로 40마력을 들여 만든 【화염탄 지팡이】가 은화 석 닢이니까 지팡이를 팔면 굶지는 않을 듯하다.

마도구라는 게, 정말 고가인 모양이다.

"그럼, 보석 장식품 전부를 이 감정가로 팔게요."

"고마워. 두 사람의 등록비 은화 여섯 닢을 제한 감정가 총액은 대금화 열넉 닢에 은화 아흔넉 닢이야."

지난번 그 던전은 지하 5층 깊이로 작은 편이었는데도 이만큼이나 벌었다.

아마 테토가 흡수한 던전 코어도 팔았다면 더 벌었겠지……. 그렇게 생각하니 던전드림에 환상을 가지는 모험가들도 많지 않을까 싶다.

"대금화를 그냥 들고 다니는 건 위험하니까 길드 카드에 적어 둘래? 그러면 어느 길드에서든 돈을 뽑을 수 있어."

"좋네요. 그러면 대금화 열닉 닢을 저와 테토 카드에 반씩 넣어 주세요. 나머지 은화

아흔닉 닢은 당분간 생활비로 쓸게요."

내가 그렇게 답하자, 옆에 앉은 테토가 내 옷소매를 당긴다.

"마녀님, 테토는 괜찮아요. 마녀님이 다 갖고 계세요."

"테토도 일했으니 이건 네 몫이야. 길드 카드에 저금해 두면, 지내다가 갖고 싶은 게 생겼을 때 살 수 있어."

"으으……. 하지만……."

"일을 마치고 네가 먹고 싶을 때 과자를 살 수 있는데, 필요 없어?"

"과, 과자……."

눈을 반짝거리며 주르륵 흐르는 침을 마시는 테토를 보며 쓴 웃음을 짓고는, 생활비는 내가 관리할 테니 보수는 똑같이 반씩 나누기로 일방적으로 밀어붙였다.

'골렘의 것은 창조자의 것'이 마법사의 보편적인 인식이겠지만, 나는 테토를 도구라기보다 한 사람의 인격으로 여기고 있기에 세상의 일반적인 인식에 따라 대할 수 없다.

"생각보다 시간을 오래 뺏었네. 나도 이제 퇴근하니까 추천하는 숙소로 안내할게. 하룻밤에 은화 한 닢인데 음식이 맛있는데다 안전하고 마음 놓고 쉴 수 있는 곳이야."

"부탁드릴게요."

"마녀님 말고 다른 사람이 차려 주는 밥, 기대돼요."

우리는 카드 처리와

은화 아흔넉 닢을 받고 청년 직원의 안내를 받아 숙소로 향한다.

"자, 여기가 다릴에서 가장 추천하는 숙소── 【가을보리 여관】이야."

청년의 안내를 받아 숙소 안으로 들어가니 이미 식당은 저녁 식사 중이라 여자아이가 음식을 나르며 바삐 움직이고 있었다.

"다녀왔어요──. 소중한 손님을 모셔 왔어요."

"아, 오빠, 어서 와! 엄마! 손님 오셨어!"

오빠라고 불린 청년의 가족이 경영하는 듯한 숙소.

이윽고 나타난 풍채 좋은 여관 사장의 시선에 나는 망토의 모자 자락을 잡고 눈을 가린다.

"어머나, 어서 와요. 네가 손님을 다 모셔 오다니 웬일이야?!"

"마스터와 라일 씨가 부탁하셨어. 여자애들끼리 모험가가 되겠다고 왔는데 조금이라도 안전한 곳을 소개해 주고 싶으시다 하셔서."

길드의 청년 직원이자 여관집 아들이 설명했다.

"그랬구나. 두 사람, 방은 어떻게 할래?"

"2인실로 주세요. 일단 식사 포함해서 일주일 정도 묵는 거로 할게요.”

“그러면 장부에 이름을 적어 주렴. 숙박비는 둘이 합해서 은화 열넉 닢이야. 혹시나 약속한 기간보다 빨리 나가게 되면, 돈은 계산해서 돌려줄게.”

나는 고개를 끄덕이고 은화 열넉 닢을 사장님께 건넨다.

“바로 밥 먹을래?”

“방에서 먹고 싶은데 갖다주실 수 있나요?”

“물론이지. 이거 받아, 방 열쇠야.”

건네받은 열쇠는 2층에 있는 방의 열쇠였다. 그 외에도 침구 교체와 청소 등의 설명, 숙박하는 동안의 규칙 등을 듣고 방으로 올라갔다.

“……랜턴 연료는 따로 사야 하는구나. 흠, 사기에는 아깝지. ──《라이트》.”

빛의 마법으로 불을 밝힌 뒤, 옷가지를 한꺼번에 세탁하고 정화해서 몸차림을 단정히 한다.

그러고 침대에 걸터앉으니, 긴 한숨이 새어 나온다.

“폭신폭신해요~. 테토는 오늘 여기서 자나요?”

“응, 맞아. 그러고 보니 이제껏 밤에 불침번을 부탁했었지. 고마워, 테토. 그리고 부담 줘서 미안했어.”

“에헤헤, 테토는 전혀 부담되지 않았어요. 그래도 마녀님께 도움이 돼서 기뻐요~.”

그렇게 말하고는 침대에서 데굴데굴 구르던 테토가 갑자기 멈춘다.

"마녀님. 오늘도 불침번을 서야 하나요?"

"아니. 안전한 곳이라니까 오늘은 설 필요 없어."

"전부터 생각했는데요. 테토도 마녀님과 함께 자고 싶어요!"

"그러면 오늘은 한 침대에서 같이 자자."

거리낌 없는 테토 때문에 절로 웃음이 나면서 마을에 오기까지의 기나긴 여정 동안 쌓인 긴장감이 조금씩 풀린다.

방으로 가져다준 식사는 조금 딱딱한 빵과 맛있는 스튜와 샐러드였다.

빵만 평가하자면, 내 【창조 마법】으로 만든 빵이 더 부드러운데도 어째서 내가 만든 것보다 남의 손을 거친 음식이 더 맛있고 따뜻하게 느껴지는 걸까.

여느 때보다 맛있게 느껴져서 울음이 터질 것만 같다.

지친 나는 테토의 몸에 찰싹 달라붙어 누워서, 전생하고 처음으로 안락함이란 걸 느꼈다.

아아, 그렇구나.

정신 연령은 기억도 희미한 이전 생을 기준으로 했는지도 모른다.

그러나 내 육체는 아직 열두 살 먹은 어린애다.

제아무리 괜찮은 척 애써도 마음은 지치고 만다.

그러니 오늘은 이만 쉬자.

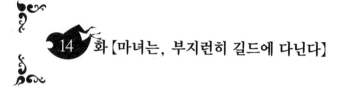

## 14화 【마녀는, 부지런히 길드에 다닌다】

아침, 눈이 떠졌다.

같은 침대의 옆에서 자는 테토의 가슴에 얼굴을 묻고 있길래 천천히 올려다보니, 히죽거리며 새근새근 자는 테토를 볼 수 있었다.

"헤헤헤, 마녀님. 흑토 더 먹게 해 주세요, 흑토~."

"무슨 꿈을 꾸는 걸까?"

나는 쓴웃음을 지으며 테토의 품에서 빠져나와, 테토의 머리칼을 손으로 부드럽게 빗겨 주고 깨지 않게 조심하면서 몸을 떨어트린다.

"자, 오늘은 뭘 할까."

전생자인 나와 생후(?) 몇 주된 골렘 테토.

까놓고 말해서 상식이 없다.

"먼저 다방면으로 지식을 쌓아야 해. 문화와 풍습, 스킬을 배워 볼까."

그리고 마을의 종이 여덟 번 울릴 때까지 창문에서 바깥쪽 큰길의 모습을 바라본다.

사람들의 움직임과 지나다니는 사람의 복장 등은, 내 기억 속에 있는 중세 판타지 같다.

마력 치트인 마녀가 되었습니다~창조 마법으로 자유로운 이세계 생활~ 1

"음냐, 음냐~. 마녀님~. 적토는요, 적토 경단은 양념을 얹어주세요~."

"정말이지, 대체 무슨 꿈을 꾸는 거람. 테토, 이제 일어나."

"네, 마녀님! 테토 일어났어요! 기상 완료입니다!"

내 부름에, 아니, 명령에 테토가 벌떡 일어난다.

정말 자고 있던 게 맞는지 의문이 들 정도로 반응 속도가 빨랐지만, 아마 전 골렘으로서의 명령 기능이 남아 있어서 그 명령 계통으로 인한 강제 각성이리라.

뭐, 번거롭지 않아서 편하다.

"옷 갈아입고 아침 먹으러 내려가자."

"네~. 밥, 밥~."

기뻐하며 옷을 갈아입기 시작한 테토를 보고 미소 지으며 식당으로 향한다.

"좋은 아침입니다. 어제는 편히 주무셨어요?"

"잘 잤어. 신경 써 줘서 고마워. 아침을 먹고 싶은데."

내가 여종업원에게 부탁하자 바로 식사를 준비해 준다.

빵에 두껍게 썬 베이컨, 생채소 샐러드, 수프까지 영양 균형이 좋아 보인다.

"잘 먹겠습니다."

"잘 먹겠습니다."

나와 테토는 손을 합장하여 식전 기도를 올리고 먹기 시작한다.

아침 식사를 하면서 슬쩍 다른 투숙객과 식당 손님을 관찰하며 식전 기도를 어떻게 하는지 훔쳐본다.

'이 근방은 교회 문화권인가?'

아침을 먹으며 다른 손님들을 관찰하다가 어떤 것을 깨닫는다.

'모험가로 보이는 사람들이 별로 없잖아?'

지금 식당을 이용하는 사람은 상인으로 보이는 사람과 근처에 사는 주민들일 것이다.

모험가 같은 이들도 하나둘씩 있지만, 이따가 일하러 나가려는 듯한 복장이 아니라 일이 없는 휴일인 양 편한 차림을 하고 있다.

어제저녁에 식당을 둘러봤을 때는 모험가로 보이는 사람이 꽤 많았다.

"저기, 뭐 좀 물어봐도 돼?"

"네, 그럼요."

식사를 마친 나는 물을 마시면서 내 근처를 지나가는 종업원에게 묻는다.

"모험가가 별로 안 보이는데, 왜 그런 거야?"

"아, 의뢰를 찾는 모험가들은 종이 여섯 번 울릴 때쯤엔 식사를 마치고 나가거든요."

"그래, 다들 부지런하네."

모험가라는 직업과 전혀 달리, 모두 라일 씨 일행처럼 성실하고 부지런할까 궁금했는데 아무래도 그건 아닌가 보다.

"여섯 번째 종소리에 새로운 의뢰가 게시된다고 하더라고요. 그래서 돈벌이가 좋은 의뢰를 선점하려고 아침부터 의뢰 쟁탈전을 펼친다네요."

"그렇구나."

"모험가는 어느 정도 실력이 붙기 전까지는 죽을지도 모르고, 보수도 저렴하고 힘든 일이 많다고 오빠가 그랬어요."

"그쪽 오빠는, 우리를 여기로 안내해 준 길드의 직원이지?"

"네. 저희 오빠는 아침 의뢰 게시 준비를 해야 한다고 오늘은 일찍 출근했어요."

"모험가도, 길드 직원도 고생이 많네. 고마워, 덕분에 좋은 이야기를 들었어."

내가 그렇게 말하자, 종업원이 뭔가 기대하는 눈빛으로 보는 걸 깨닫는다.

"받아, 다음에 또 좋은 이야기가 있으면 알려 줘."

"네!"

나는 종업원의 앞치마 주머니에 대동화 한 닢을 쓱 넣었다.

솔직히 팁 문화가 익숙하지는 않지만, 앞으로 뭔가 괜찮은 정보가 있으면 팁을 주고 가르쳐 달라고 해야겠다고 명심한다.

"자, 테토. 길드로 가자."

"네, 마녀님. 그래서 오늘은 뭘 하나요? 또 오크 잡아요?"

어리둥절해하며 고개를 작게 갸우뚱하는 테토에게 나는 고개를 가로젓는다.

"우선 일주일 정도는 길드에 있는 자료를 조사할 예정이야."

"알겠어요!"

그렇게 말하고 길드에 오니, 모험가들이 이미 벌이가 괜찮은 의뢰를 따낸 뒤인지 한산했다.

나도 곧장 의뢰 게시판을 보러 가서 우리 등급인 G등급 쪽을 살핀다.

"'마을 일손 돕기와 약초 채취'라⋯⋯."

【창조 마법】으로 만든 종이와 펜으로 게시판에 남아 있는 의뢰 내용과 보수, 참고 사항을 메모해서 우리가 의뢰를 맡을 때의 시세 기준을 기록한다.

그리고 우리보다 상위 등급의 의뢰도 확인하러 가니 오크 관련 의뢰가 몇 건 정도 남아 있었다.

"'오크 고기 확보, 오크 토벌 의뢰'네."

보수는 각각 다르지만, 아직 남아 있다는 건 종합적으로 수지가 안 맞는 의뢰라는 거겠지.

게시판을 확인한 후, 카운터 접수원에게 말을 건다.

"실례합니다. 길드에 책 같은 것도 마련돼 있나요?"

"책이요? 책은 2층 자료실에서 누구나 볼 수 있습니다. 단, 책을 자료실 밖으로 갖고 나올 수 없으므로 개인적으로 복사하든지 하셔야 합니다."

"알겠습니다. 고맙습니다."

나는 테토를 데리고 2층 자료실로 올라가, 자료실에 대기 중인 사서 겸 사무원에게 이용 시의 주의 사항을 듣고 자료실에 다니기 시작했다.

첫날에는, 일단 눈에 띄는 책 중에, 교회에서 출판한 성서를 훑어봤지만, 의미가 너무 어려워서 읽는 데 고생했다.

테토는 진작에 질렸다.

이튿날, 이번에는 【창조 마법】으로 【속독】과 【병행 사고】 스킬의 스킬 오브를 만들어 스킬을 습득해서 순조롭게 읽어 나갔다.

자료실에 있는 책 중에서도 마족의 한 종족의 기원에 관한 이야기가 흥미로웠다.

흡혈귀의 기원은 어떤 마술사가 연인의 시신을 사역한 데서 시작되었다고 한다.

언제인가 일시적으로 생명이 깃들고, 그 마술사와 아이를 가져서 흡혈귀들이 태어났다는 설이 있다.

"테토와 비슷해……."

그 마술사는 연인의 시신을 소재로 플레시 골렘을 만든 게 아닐까 싶다.

그 결과, 골렘의 핵과 시신이 결합하여 수많은 마석을 흡수하고 테토처럼 정령도 흡수하여 진화한 결과, 흡혈귀의 시조가 태어났을지도 모른다.

마족은 마석을 체내에 가진 인종이라는 정의도 있다고 한다.

그래서 넓은 의미로 보면 테토는 골렘 마족이라고 할 수도 있다.

테토는 내게서 부족한 마력을 보충받는다.

흡혈귀는 그 이름 그대로 흡혈 행위를 통해 마력을 보충했을 수도 있다.

그리고 지금 그 테토는——.

"이야압."

"끄아아악!"

자료실에 틀어박혀 있기 질려서 길드 내의 훈련소에서 마음대로 움직여도 된다고 허락했다.

그랬더니 비슷하게 훈련소로 온 모험가들과 대련하게 되었는데 보기와는 달리 터프함과 괴력으로 모험가들을 차례차례 쓰러뜨린다.

오크가 아니라 인간을 상대하는 거니 다치지 않도록 테토에게 힘 조절을 하라고 명령해 두었다.

테토도 인간을 다치게 하지 않고 무력화하는 기술을, 서툴지만 배우기 시작했다.

"이건, 좋은 징후일까."

그렇게 이틀째 조사도 마쳤다.

내가 테토를 길드 훈련소로 데리러 갔을 때는 숨 한 번 헐떡이지 않는 테토와 그 옆에 나가떨어진 모험가들이 땅에 나뒹굴고 있었다.

크게 다치지는 않았으나 구르면서 생긴 쓸린 상처와 훈련용 목검에 맞은 타박상이 있다.

"고생들 하셨어요. 그리고 테토의 상대를 해 줘서 고마워요. ──《에리어 힐》,《클린》."

테토와 훈련해 준 모험가들에게는 답례로 회복 마법과 청결 마법을 건다.

그리고 그날 이후로 테토에게 훈련을 도전하는 사람들이 늘어서 나는 자료실에서 조사를 마치고 돌아가는 길에 답례로 회복 마법과 청결 마법을 걸어 주는 나날이 계속되었다.

사흘째에는 약초와 마물에 관한 책을 읽었다.

나흘째에는 스킬 목록을 발견해서 유용해 보이는 스킬을 종이에 적어 두었다.

그리고 밤에는 여관방에서 책에서 얻은 정보를 토대로, 【창조 마법】으로 스킬 오브를 만들어 흡수하여 자기 강화를 도모한다.

닷새째에는 아무리 나라도 매일같이 자료실에 틀어박혀 있기에는 피곤해서 테토와 함께 쇼핑하러 외출했다.

"와……."

생활용품과 갈아입을 옷 등을 찾으러 나온 나는 한 양복점에서 목제 마네킹에 입힌 원피스 한 벌에 눈길을 사로잡혔다.

"손님, 저 원피스가 마음에 들어?"

하얀 원피스에 가슴 아래로 파란색 생지를 쓴, 이중 구조로 된 원피스에서 눈을 떼지 못하고 작게 고개를 끄덕인다.

하얀색과 파란색 배색으로 약간 짧은 치마의 끝자락에는 프릴이 달려 있어서 차분함과 귀여움이 공존하는 원피스다.

"이 원피스는 누에 마물의 고급 비단 옷감으로 재봉소에서 공들여 짓고 마지막에 마법사가 【내구 향상】과 【주름과 오염 방지】, 【사이즈 조정】이라는 부여(附與) 마법을 건 세상에 딱 한 벌뿐인 옷이란다."

"굉장하네요~. 마녀님께 어울릴 것 같아요!"

내게 영업하는 점주를 두고 테토가 맞장구를 치지만, 나는 그런 고급 옷이 어떻게 이 변두리 마을에 있는지, 보통은 안 팔리지 않을까 하는 의문이 든다.

그런 내 시선을 받은 점주가 깊은 한숨을 쉰다.

"아가씨. 의구심이 드는 심정도 이해하는데 이 옷의 성능은 진짜야. 그저, 뭐, 약간의 하자가 있을 뿐이지."

"하자요?"

양복점 주인이 이 원피스의 유래를 말해 준다.

원래는 귀족 영애의 외출복으로 만든 옷이었단다.

그런데 소녀를 겨냥한 원피스로는 배색이 너무 차분했던 나머지 유행에 뒤떨어졌다.

문제가 그뿐이라면 이 배색을 좋아하는 다른 귀족 영애 소녀가 샀겠지만, 치마 길이가 조금 많이 짧은 것이었다.

"항상 정숙해야 하는 귀족 영애가 다리를 드러내는 건 별로 좋지 않으니까 말이지. 팔리지를 않았어. 그래서 부유층 서민에게 팔아 보려고도 했는데 그 사람들은 너무 비싸다고 안 사더라고."

고급 비단을 쓰고 일류 장인의 손을 거치고 마법까지 걸어 둔 원피스는 너무 고가라 살 사람이 나타나지 않았다.

그렇게 돌고 돌아서 이 마을까지 오게 된 모양이다.

"즉, 불량 재고라는 거네요."

"맞아, 부여된 마법이 모험가 평상복으로는 입을 만하니까 넘겨받은 건데……."

어지간히 안 팔리는 모양이다.

"있지, 꼬마 아가씨가 사지 않을래? 아저씨 한 번 돕는다고 생각하고."

"음——."

양복점 주인의 말에 나는 고급 원피스로 손을 뻗어 질감을 확인한다.

이쪽 세계에 와서 느낀 가장 매끄러운 촉감이다.

하지만 가격이──.

"대금화 한 닢이나 하는 옷은, 비싸서 못 사요."

옷 한 벌에 100만 엔이라니, 던전에서 획득한 보물을 판 돈이 있긴 하지만 앞으로 어떻게 될지 모르는 상황에서는 사치품이나 다름없다.

"아쉽지만, 이번엔 인연이 아닌 거로……."

이 원피스와 같은 촉감의 옷을 【창조 마법】으로 만들기에는 마력이 압도적으로 부족하겠지.

미련이 남지만, 어쩔 수 없이 원피스를 포기하려 하는데──.

"그러면 테토가 살게요!"

"뭐? 테토?!"

"마녀님이 사고 싶은 게 생기면 쓰라고 준 돈이 있어요! 그 돈으로 사서 마녀님께 선물할래요!"

싱글벙글 웃으며 나를 위해 선물하겠다는 테토에게 안 된다고 하기가 뭐 해서 잠시 고민한 뒤에 작게 한숨을 내쉰다.

"하아, 알겠어. 대신 나도 절반 낼게. 그리고 불량 재고를 사는 거니까 덤도 얹어 주시겠죠?"

내가 양복점 주인에게 묻자, 미소를 지으며 고개를 끄덕인다.

"그야 물론이지! 저 원피스를 사 주면 덤도 좀 줄게!"

"그러면 길드에서 돈을 뽑아 올게요."

"다녀올게요!"

일단 가게에서 나와, 길드에서 각자의 길드 카드로 돈을 뽑아서 가게로 돌아간다.

조금 전에 본 원피스와 모험가와 훈련하면서 옷이 자주 지저분해지는 테토를 위해서 여벌 셔츠와 바지 등을 다 해서 대금화한 닢으로 구매하고 숙소로 돌아왔다.

"마녀님~, 이 귀여운 원피스, 바로 입어 봐요!"

"아직 안 돼. 좀 이따가 입을 거야."

오늘 쇼핑은 소모품인 옷 외에는 만족스러운 물건이 없었기에 숙소로 돌아와【창조 마법】으로 만들기로 했다.

"그냥 입기에는 다리가 좀 썰렁해 보여. ──《크리에이션》!"

나는 구매한 하얀색과 파란색의 원피스에 맞춰 스타킹을 만든다.

"마녀님, 이게 뭐예요? 마물의 허물인가요?"

"이건 다리에 신는 거야. 맨다리를 내놓기에는 추우니까."

"테토도 마녀님과 똑같은 거 갖고 싶어요!"

스타킹을 손에 든 테토가 같은 게 갖고 싶다고 하지만, 테토가 입은 옷은 스타킹이 별로 어울리지 않는다.

"스타킹 대신 무릎 위로 오는 긴 양말은 어때? 무릎 위까지 감싸 줘서 테토에게 어울릴 거야."

"마녀님이 어울릴 거라고 하니까, 그거로 할래요!"

"이왕이면 좀 더 테토에게 어울리는 옷도 만들어 봐야겠다. ──《크리에이션》!"

그렇게 쇼핑과【창조 마법】으로 갖춘 옷을 나와 테토가 입어 본다.

나는 안에는 하얀색과 파란색 배색의 원피스에 검은 스타킹. 겉에는 모자가 달린 망토를 걸쳤다.

테토는 검사답게 활동성을 중시한 셔츠와 튼튼한 핫팬츠다. 그리고 건강미 넘치는 다리를 감싸 주는 긴 양말이 오히려 허벅지를 강조하고 있다.

"마녀님, 귀여워요. 그리고 촉감이 엄~청나게 부드러워졌어요."

뒤에서 껴안는 테토가 원피스를 입은 내 옆구리를 어루만져서 간지러움에 몸을 배배 꼰다.

"테토, 간지러우니까 하지 마."

"으아아, 미안합니다!"

테토가 어루만지던 손을 멈추고 사과하면서도 결코 나를 놓지 않는 모습에 쓴웃음을 지으며 묻는다.

"테토, 새로운 옷을 입어 보니 어때?"

"편해서 굉장히 좋아요! 마녀님, 고맙습니다!"

"테토가 좋아해 주니 나도 기뻐."

그 외에도 속옷과 자질구레한 물품들도【창조 마법】으로 만들며 닷새째의 휴일을 보냈다.

엿새째――, 마법사 교본 같은 건 없지만, 그 대신에 마법사가 마력을 비축했다가 필요한 때 마력을 끄집어낼 수 있는 광물【마정석(魔晶石)】과 마력을 활용한 기법【신체 강화】에 관한 책을 읽고 나니, 더는 자료실에서 조사하고 싶은 게 없어졌다.

　그리고 이레째──.

자료실에서 조사할 게 없어서 길드에 다니기 시작한 이레째에는 나도 훈련소에 있었다.

"마녀님? 오늘은, 마녀님도 같이 가요?"

"나는 구석에서 명상하고 있을 테니, 평소에 하던 대로 해도 돼."

"알겠어요!"

테토가 여느 때와 마찬가지로 도전해 오는 모험가를 상대하며 모의 전투를 반복한다.

가지각색의 무기를 다루는 모험가들을 상대로 매일 모의 전투를 해서 그런지 점차 각 무기의 대처 방법을 익히기 시작했다.

한편 나는, 훈련소 구석에 앉아서 감으로 【신체 강화】 연습을 하고 있다.

"'체내의 마력을 느낀다', ……이건 되네."

마법을 쓰는 데 익숙해져서 마력을 느끼는 건 할 수 있다.

평소에는 체내에 있는 마력에서 필요한 만큼만 마법을 발동하는 데 사용하는데 이번에는 마력 전체의 움직임을 관찰한다.

"아, 방금 알았는데 몸에서 마력을 방출하고 있어."

이게 마력 손실인 건가.

체내에서 자연히 흘러나와 공기 중으로 사라지는 마력이 아주 조금 있다.

"어디 보자, '마법사의 명상은, 자연 방출되는 마력을 몸에 잡아 두어 회복 속도를 높인다'라고."

【신체 강화】지도 교본 사본을 읽으면서 체내 마력을 조종한다.

의외로 자연 방출되는 마력까지 의식해서 몸속에 보존하려면 요령이 필요하다.

하지만 자료실에 있는 책을 읽을 때 습득한【병행 사고】스킬이 듣고 있는지 마력 관찰과 집중 작업으로 체내 마력 방출을 막을 수 있었다.

그로 인해서 자연 방출로 잃는 마력을 체내에 보존해 마력의 자연 회복이 빨라지고 있다.

"이게 명상이구나. 그리고 명상 상태를 유지하면서 움직이는 게【마력 차단】이라는 거지."

체외로 방출되는 마력을 체내에 보존하여 차단함으로써 마력을 감지하는 마물로부터 기척을 숨기는 기법이라고 한다.

"근데 생각보다 지치네."

명상의 요령은 파악했지만, 이 상태를 유지하면서 움직이는 건 주의력이 필요하다.

이상적인 건 방출되는 마력을 몇 시간이든 보전해 두고 자연스럽게 움직이는 거지만, 그 경지에 이르려면 익숙해지고 단련해야 할 것이다.

"자, 다음은 드디어【신체 강화】를 해 볼 차례야."

명상을 풀고 천천히 몸에서 방출되는 마력량을 늘린다.

그리고 체내의 마력을 소비하는 것을 느끼며 주위에 있던 돌멩이를 줍는다.

"【신체 강화】는……. 좋아. 성공한 것 같아."

주운 돌멩이를 손가락 끝으로 쥐는 힘만으로 부술 수 있었다.

"이게 기본적인【신체 강화】고, 이런 식으로 특정 부위로 집중해서 위력을 올린다라."

예를 들어, 팔에 마력을 몰면 무거운 검을 가볍게 들어 올리고 발로 마력을 집중시키면 발이 빨라진다.

몸 전체를 감싸면 물리 방어력과 마법 방어력이 둘 다 오른다.

모험가들은 일반적으로 거듭되는 전투에 무의식적으로 체내 마력을 공격과 방어에 쓴다고들 한다.

나는 먼저 몸 전체에서 방출되는 마력을 막고 마력을 눈에만 집중시켜서 모의 전투를 벌이는 테토와 모험가들을 바라본다.

"우와, 테토 굉장하다. 저런 상태였구나."

눈에 마력을 집중시키니 타인의 마력을 보는【마력 감지】가 되었다.

【마력 감지】로 본 테토는 온몸에서 마력을 뿜어,【신체 강화】를 상시 유지하고 있는 듯한 상태다.

"그렇구나. 테토가 왜 강한지 알겠어. 그래서 매일 마력을 보충해야 했던 거였어."

테토와 대결하는 모험가들은 테토에 비해 마력량이 압도적으로 떨어진다.

하지만 적은 마력으로도 무의식적으로 봄 곳곳을 마력으로 강화하기도 하고 무기에 마력을 실어 테토의 【신체 강화】 방어를 꿰뚫으려 하고 있었다.

"전위의 싸움은 전혀 모르지만, 마력 공방만 보고 있어도 재미있네."

테토는 전신에 마력 갑옷을 입고 있는 것과 같아 파악하기 어렵지만, 같은 급 모험가끼리는 공격당하는 곳에 맞춰 마력을 몰아 방어하고 있다.

대부분, 마력을 많이 집중시키면 공격을 막을 수 있다.

반대로 집중시킨 마력이 적으면 방어가 깨지거나 방어해도 몸에 충격이 전해져 대미지를 입는다.

"하지만 마력량만으로 좌지우지되는 건 아니구나. 체격과 근력 차이도 있네."

마력을 확실히 대량으로 몰아 방어해도 체격이 좋은 사람이 공격하면 적은 마력으로도 방어가 무너지는 것도 자주 보이고, 그와 반대로 적은 마력으로 막기도 했다.

"신체의 기초적인 강력함 곱하기 【신체 강화】 강도라고 보면 되려나? 그러면 체격이 좋은 사람이 유리하겠어."

하지만 역설적으로 말하면, 마력량이 압도적으로 우위라면 체격 차에서 오는 불리함도 커버할 수 있다.

"나도 마력을——. 윽……. 더는 방출 못 하겠어."

매일 【신기한 나무 열매】를 먹는 내 마력은 천천히 증가해서 현재 2,800을 넘었다.

길드의 D등급 모험가들과 비교하면 많지만, 이 마력을 한꺼번에 방출하여 【신체 강화】를 시도해 보려 노력해도 일정 마력만 흘려보낼 수밖에 없었다.

"【신체 강화】에는 상한선이 있구나. 아니면 방출량이 한계고 나머지는 마력의 밀도가 문제인가."

내가 잠시 최대 마력을 방출한 탓에, 내 마력 방출을 알아차렸는지 몇몇 모험가들이 나를 경계한다.

"이봐, 방금 저 아가씨한테서 위험한 분위기가 풍겼어. 뭐 하는 애지?"

"테토의 주인인 치세야. 뭔가 한순간 엄청난 게 느껴졌는데 뭐였지?"

"상위 마물이 내뿜는 위압감과 비슷했어. 저 나이에 그게 가능한 애가 있어?"

"테토도 실력만 보면 C등급 이상으로 강하잖아. 치세도 오늘은 일광욕하고 있지만, 마법사니까, 뭔가 마법을 연습한 게 아니었을까?"

이런 식으로 소문이 나는 중인 난, 눈을 살짝 감고 명상에 집중하여 마력의 전력 방출로 준 마력을 회복하는 데 힘썼다.

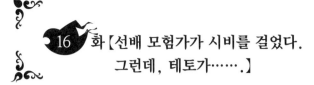 

# 16화 【선배 모험가가 시비를 걸었다. 그런데, 테토가…….】

내가 명상으로 다른 모험가들의 모습을 관찰하는데 길드 훈련소로 모험가들 몇 명이 들어온다.

"어이, 여기에 테토라는 다갈색 피부의 여자가 있다던데, 누구야!"

술기운이 올라 벌게진 얼굴에 괄괄한 목소리의 상스러워 보이는 모험가들이 테토를 지명한다.

"새 도전자인가요? 좋습니다! 한 사람씩 어디서든 덤벼요!"

"그런 거 아니거든, 띨띨아! 들은 대로 멍청해 뵈는군."

테토가 모의 전투에서 쓰던 목검을 들고 자세를 잡는데 예상과 다른 사람들이 와서 어리둥절해한다.

그리고 그런 테토에게 용건이 있는 불량 모험가들이 어이없는 요구를 한다.

"길드에 들어오기 전부터 꽤 단련했다지?! 너, 우리 파티에 들어와라. 몫으로는 1할을 떼 주마. 금방 등급을 올려 주지."

아무래도 테토에게 파티 가입 권유를 하러 온 모양이다.

느닷없이 찾아와서 일방적인 요구를 하는 모습에 주변 모험가들도 술렁댄다.

"네? 그건 마녀님께 물어봐야 해요~."

테토가 혼자 판단할 수 없었는지 내게 떠넘기는 발언에 그럴 줄 알았다고 마음속으로 씁쓸하게 웃는다.

그리고 주변에 있던 모험가들이——.

"쟝스! 이 양아치가!"

"네 놈들은 부른 적 없거든!"

"여기 오지 말고 평소 가는 술집이나 가!"

"돈이 없으면 일을 해! 힘센 게 자랑이면 오크 토벌이라도 가든가!"

"너희가 있으면 모험가 길드의 평판까지 떨어져, 얼른 관두라고."

등등 말하면서 불량 모험가들을 노려보며 야유까지 날린다.

야유의 내용으로 알 수 있다시피 평소 행실은 나쁘지만, 실력만은 있는 모험가들로 상당히 미움받는 듯하다.

원래라면 엮이지 않는 게 낫겠지만, 테토의 주인인 내가 내뺄 수는 없는 노릇이다.

"내 동료에게 무슨 볼일이지?"

테토 옆으로 다가가, 먼저 말을 건 질 나빠 보이는 모험가들에게 묻는다.

"내가 테토와 파티를 맺은 마녀 치세야. 파티 권유는 거절하겠어."

"애새끼는 빠져 있어! 우리는 다갈색 계집에게 용건이 있는 거라고! 애들은 후딱 집에나 가라."

테토와 파티를 맺은 나에 대해서도 아는지 고압적인 태도로 나온다.

게다가 저들이 테토의 예쁜 다갈색 피부를 꼬투리 잡아 테토를 다갈색 계집이라고 부르며 무시하는 기분이 들어서 점점 열이 뻗친다.

"어이, 거기 다갈색 계집! 이딴 애새끼가 너를 부리는 처지에 만족하나? 모험가가 됐으니 더 자유롭게 살아야지."

"응? 테토는 마녀님이 좋아요. 마녀님과 함께할 수만 있다면 그거로 충분해요~."

"마녀인지 나발인지 모르겠고, 잠자코 우리 말이나 들어! 그러면 편하게 승급하게 해 준다잖아!"

놈들이 협박하듯 언성을 높인다.

마력을 눈에 집중시키니 상대가 순간적으로 목소리에 마력을 실어 위압하고 있다는 걸 알았다.

무의식중의 공갈이리라.

마력에 대항하는 수단을 배우지 않은 신참 모험가들에게는 싫든 좋든 강제력이 있을 것이다.

내가 묵묵히 현 상황을 살피고 테토도 내 옆에 있는 걸 보고 이제껏 협박한 이들과 똑같이 우리도 위축됐으리라 여겼나 보다.

"유심히 보니, 그쪽 애새끼도 생긴 게 반반하네. 다갈색 계집과 함께, 너도 동료로 받아 주마. 단, 너희 둘 합쳐서 보수는 1할이야! 의뢰 외에도 여러 허드렛일을 시키겠지만, 신참을 육성하는 거니까 불만은 없겠지?!"

내 몸과 테토의 가슴을 구석구석 핥듯이 쳐다보는 불량 모험가들에게 인간의 악의로 인한 혐오를 느낀다.

"거절하겠어."

"앙? 야, 상황 파악이 안 돼?! 계집 둘이 모험가로 벌어먹을 수 있을 것 같아?! 너도 저 다갈색 계집처럼 머릿속이 꽃밭인 바보냐?!"

내가 분노를 억누르며 딱 잘라 거절하자, 상대가 허리에 찬 검을 빼 든다.

조금 전 익힌 마력 방출로 위압 실험을 해 볼까 하고 생각하는 동안, 테토가 내 옆을 지나쳐 불량 모험가들 리더의 얼굴을 주먹으로 후려갈겼다.

"──마녀님 욕하지 마아아아아!"

마력을 두른 테토의 주먹이 협박하려고 뽑은 불량 모험가들의 무기를 깨부수고 얼굴에 주먹을 꽂아 일격에 땅에 뻗게 했다.

특히 쓰러진 장스라 불리던 리더 모험가를 테토가 재차 몇 번이나 발로 차기 시작한다.

"마녀님 욕한 거 취소해요! 취소하라고요!"

"테토, 그만해! 이미 기절했어! 전투 불능인 상대에게 그러면 안 돼! 나는, 괜찮아!"

황급히 테토를 말리며 떼어 놓자, 테토가 눈을 글썽거리다가 눈물을 뚝뚝 흘린다.

"으아아앙, 하지만, 하지만, 저 녀석들이 마녀님더러 바보라잖아요오오오──."

"그래, 착하지. 난 괜찮아, 정말이야."

마력 치트인 마녀가 되었습니다~창조 마법으로 자유로운 이세계 생활~ 1

태어난 지 얼마 안 된 테토는 아무래도 아직 정서적으로는 어린애인 듯하다.

자신을 향한 악의를 알아차리는 데는 둔하면서 나를 향한 악의에는 민감한 건, 사역자를 지키는 골렘의 성질이 남아 있는 것일까.

잠시간 엉엉 우는 테토를 달래면서 다른 모험가들에게 이자들을 어쩌면 좋으냐고 눈빛으로 호소한다.

보아하니 죽은 것 같지는 않지만, 안면을 가격당해 일격에 나가떨어진 바람에 뇌진탕이 와서 얼굴이 검붉게 부어올랐다.

그리고 뚜들겨 맞은 리더 장스는, 얼굴뿐만 아니라 발차기에 갈비뼈가 몇 대 부러졌는지 괴로워하는 신음이 들린다.

"가만있자, 우선 증거 인멸을 위해 회복 마법을 걸고……. 잠깐만, 테토."

울음을 그친 테토가 나를 무시한 놈들을 치료하는 게 싫은지 옷을 잡고 고개를 숙인 채 좌우로 붕붕 젓는다.

"아, 이걸 어쩐담……."

근처에 있는 모험가에게 도움을 요청하지만, 난감해하는 표정을 짓는다.

"장스 패거리는 평소에도 의뢰나 사냥감을 가로채고, 술집에서 시비를 걸어서 솔직히 속이 다 시원하지만, 테토가 장스 패거리를 단숨에 제압할 정도로 강할 줄은 몰라서 당황스러워."

"모험가끼리 다툰 거로 하면 어떨까?"

"음──. 길드에서 중재하겠지만, 치세와 테토를 보수 1할만

떼 주고 부리려고 했으니 장스 패거리가 비난받을 거야."

거기다 여태껏 문제만 일으켰던 불량 모험가와 C등급 파티
【바람을 타는 매】를 도운 여자애들이라면 신용도부터가 다르다
고 한다.

"그래? 우린 길드에 들어온 지도 얼마 안 됐는데."

"그런 것보다는 길드에 누가 더 유익한지가 중요하거든. 물론
우리는 두 사람 편을 들 거야."

이 말을 시작으로 다른 사람들도 나와 테토의 편을 들어 주겠
다고 한다.

어쩐지 사람들의 온정이 느껴져서 마음이 약간 따뜻해진다.

그리고——.

"이봐! 길드 마스터를 불러왔어~."

"……대체 어떻게 된 상황이지?"

길드 마스터라는 늠름하고 호리호리한 남성이 훈련소에 모습
을 드러냈다.

길드 마스터의 질문에 모험가들이 그 자리에서 있었던 일을
설명해 준다.

하지만 그 설명이 우리를 옹호하는 설명이었기에 나와 테토를
보는 길드 마스터의 시선이 부드러워졌다.

"치세 양과 테토 양이랬지. 이번 일로 너희를 의심하지는 않
고 정당방위였으리라 생각해. 그래도 일단 두 사람에게도 직접
설명을 듣고 싶군."

입장상 불리한 여자애라 그런지 겉보기와는 정반대로 정중한

말투로 말하는 길드 마스터에게 방금 있었던 일을 설명한다.

설명하는 동안 테토는 쭉 내 가슴에 얼굴을 묻고 마음을 진정시키고 있다.

"그랬군. 보수를 두 사람 합쳐서 1할 준다고 하기에 거절했더니 납득하지 않고 협박하듯 검을 뽑았다고."

"이래도 돼? 내 말만 곧이곧대로 믿고. 모험가로서는 아직 의뢰도 맡은 적 없는데……."

"모험가가 일주일 쉬는 건 흔한 일이지. 심지어 여자아이 단둘이 숲을 빠져나온 긴 여정 후라면, 아직 의뢰 한 건을 맡지 않고 쉬는 건 당연한 거야."

"그렇게 말해 주니 마음이 편하네."

아주 살짝 어깨 힘을 빼고 대답한다.

"조사도 거의 끝났으니, 내일부터는 조금씩 테토와 함께 의뢰를 맡을 생각이야."

"부지런한 모험가는 환영해. 하지만 들로 나갈 때는 조심해. 너희도 알겠지만, 오크 킹이 태어났어."

근엄한 길드 마스터가 살짝 표정을 풀었다가 이내 진지한 표정으로 충고한다.

"오늘은 이만 돌아가. 뒷일은 어른들이 정리할 테니."

"부탁할게. 아, 그리고──《에리어 힐》, 《클린》."

늘 모의 전투를 마치면 했던 대로 훈련소의 모험가 전원에게 회복 마법과 청결 마법을 걸고 나서 가볍게 묵례하고 길드 건물을 뒤로했다.

 마력 치트인 마녀가 되었습니다 ~창조 마법으로 자유로운 이세계 생활~ 1

SIDE: 모험가 길드

"후우, 자각이 없는 강자인가. 장래가 두렵군."

마녀 치세와 그녀를 지키는 검사 테토를 배웅하고 불량 모험가 장스 패거리의 처우를 결정한다.

그러면서 요 일주일간의 치세 일행의 행동을 회상한다.

본인들 딴에는 정보 수집을 위해 자료실을 다닌 거고, 몸이 둔해지지 않게 훈련소에서 모의 전투를 한 것이리라.

하지만 중요한 건 조금 전에 한 무상의——, 정확히는, 테토의 모의 전투 상대를 해 준 답례로 걸어 준 회복 마법이다.

우리 길드의 훈련소에는 다쳐서 의뢰를 맡지는 못하지만, 몸이 둔해지는 게 싫은 모험가들이 모여 있었다.

그런 이들에게 회복 마법을 사용한 결과, 오크 킹 토벌에 나가기 위해 몸이 회복되기를 기다리던 모험가가 조기에 복귀해서 토벌 준비가 순조롭게 진행 중이다.

부상을 당한 모험가 중에는 한몫 잡을 수 있는 오크 킹 토벌에 나갈 수 있게 되어서 마녀라 말하는 치세를 뒤에서 성녀나 행운의 여신이라고 부르는 이들도 있다고 한다.

그리고 오크 이상으로 터프한 검사 테토와의 모의 전투로 인해 D등급 정도의 모험가들은 파티를 맺고 오크 한 마리씩을 안정적으로 사냥할 수 있을 정도로 움직임이 좋아졌다.

반대로 실력이 불안정했던 모험가들은 테토의 엄청난 힘에 수없이 맞서면서 이길 수는 없어도 오크의 공격을 막고, 살아남을 수 있다는 자신감을 느끼게 해 주었다.

"치세 양과 테토 양. 걱정하지 않아도 너희는 길드에 공헌하고 있어."

길드 마스터가 당사자들이 없을 때, 나지막이 말했다.

# 17화【약초 채취 전문가는 약초만 따도 평생 먹고산다】

말썽을 일으켜 평소보다 일찍 길드를 뒤로한 우리는, 바로 여관에 틀어박히는 것도 건강에 해로울 듯하여 다릴 마을을 돌아다녀 보기로 했다.

"자, 테토. 포장마차 과자 사 줄 테니까 기분 풀어……."

"네……. 마녀님."

내 손을 잡고 터벅터벅 따라오는 테토를 챙기면서 군것질하며 시간을 보낸다.

잠시 후, 테토가 과자를 먹고 기분이 나아졌는지 생글생글 웃기에, 향후 예정에 대해 운을 뗀다.

"테토, 내일부터는 마을 밖에서 하는 의뢰도 맡을까?"

"내일부터요?"

"응, 슬슬 의뢰를 맡자. 차근차근 단계적으로 의뢰를 완수해서 우선 D등급으로 올라가는 걸 목표로 하자."

이쪽 세계에서 딱히 이렇다 할 목적은 없다.

하지만 모험가 길드가 관리하는 던전에 들어가려면 적어도 D등급 이상의 모험가거나 그에 준하는 전투력이 있는 사람만이 입장 허가가 나온다.

어느 정도 사회적 지위가 있으면 하고 싶은 것도 할 수 있고 원하는 마도구가 있으면 던전 공략에 도전해서 찾으면 된다.

게다가——.

"테토는 어스노이드라는 새로운 종족이니까 등급을 올려 신분이 보장되면 살아가기 쉬울 거야."

"마녀님은요? 마녀님은 어쩌게요?"

테토의 물음에 나는, 고민한다.

"음——. 일단 모험가로 일하다 보면 돈이 모이니 재정적으로 안정될 테고, 강해져서 무력이 세질 거야. 그리고 던전을 공략하고 강력한 마물을 잡으면 명성을 얻을 수 있지. 우리를 지키는 데 필요한 모든 것을 효율적으로 갖출 수 있지만, 이 앞은 생각하지 않았어."

그렇게 생각하니, 새로운 종족인 테토는 얼마나 살까.

만약 테토를 마족으로 취급한다면 인간이 사는 마을에서는 살기 어려울 것 같다.

"나는 테토와 함께 지내며 안주할 땅을 찾아볼까."

"마녀님과 함께라면 어디가 됐든 즐거울 거예요!"

천진난만하게 기뻐하는 테토를 보며 나는 씁쓸하게 웃는다.

앞으로 10년 후가 될까, 20년 후가 될까.

이쪽 세계에서는 특이 존재인 나와 테토를 지키기 위한 장소를 찾자.

지금, 이 순간부터 그게 나의 목표다.

"마녀님, 모험가로 일하면, 또 던전 코어를 먹을 수 있어요? 그거, 정말 맛있거든요."

"음——. 던전 코어에 맛 들였구나. 하지만 던전 코어 마석을 길드에 가져다주면 돈 말고도 던전 공략자라는 명성을 얻을 수 있으니 안 돼."

던전 코어 마석 딱 한 개를 먹었다고 새로운 종족이 됐는데 두 개, 세 개를 먹으면 어떻게 될지, 내가 무섭다.

그런 걸 생각하면서 여관에 돌아와 여느 때와 마찬가지로 식사를 한다.

처음엔 테토의 부탁으로 침대에서 같이 잤지만, 지금은 오히려 같이 자는 데 완전히 익숙해져서 항상 테토에게 껴안겨 잔다.

아침이 되고, 우리는 일주일 숙박비를 추가로 지불하고 길드로 향한다.

그리고 약초 채취 의뢰를 맡아, 그 길로 마을 외곽의 북쪽 평원까지 발길을 옮겨 약초를 캔다.

마을 밖으로 나가 평원에서 포션 재료가 되는 약초를 서른 줄기 채집해야 하는 의뢰다.

보수도 대동화 두 닢으로 저렴해서 숙박비에 보탤 정도밖에 안 되지만, 지금은 오크 킹 토벌 준비로 포션 수요가 크다고 한다.

그런 북쪽 평원에서 우리는——.

"【창조 마법】으로 약초 한 줄기를 만들어 내는 데 20마력이 드는구나."

내 마력을 사용해 편법을 써서라도 의뢰를 완수할 수 있지만, 소비 마력에 비해 금전 효율이 별로라 게으름 피우지 않고 약초를 찾는다.

"마녀님~, 이쪽에도 약초가 있어요~!"

"테토, 고생이 많아! 그러면 조심히 묶어서 마법 가방에 넣어 두자."

테토가 지닌 의외의 특기는 땅에 있는 것을 찾는 것이다.

그래서 연달아 약초를 발견해, 내가 준 약초 채취용 단검으로 지시받은 대로 조심스럽게 약초를 따 모아서 내가 전생할 때 갖고 있던 파우치형 마법 가방에 넣는다.

내가 전생할 때 갖고 있던 마법 가방은 시간 지연 효과가 있어서 약초의 신선도를 유지해서 가지고 돌아갈 수 있다.

테토가 열심히 약초를 찾는 한편, 나는 눈에 마력을 집중해서 평원을 내다본다.

"마력이 큰 약초는, 이거구나."

【신체 강화】의 응용인 마력 시인(視認)으로 마나 포션 재료를 찾을 수가 있다.

한 줄기 한 줄기씩 정성껏 채취하여 열 줄기가 되면 끈으로 묶어서 마법 가방에 넣는다.

마나 포션 소재의 약초 채취도 상시 의뢰이며 약초 열 줄기에 대동화 보수 다섯 닢으로, 포션의 약초보다도 보수가 세다.

"뭐, 이게 다 마법사 인구가 적어서 생긴 수요지."

약초 채취 의뢰를 수행할 때, 가끔 한두 줄기가 섞여 있는데 그건 개별로 길드가 사들이기도 한다.

참고로 이 약초 채취 의뢰도 중노동에 비해 F등급이란다.

"보자, 테토. 얼마나 땄어?"

"다 해서 아흔넉 줄기예요~! 마녀님은요~?"

"나는 마나 포션 약초 마흔 줄기야. 테토와 내 걸 합쳐서 의뢰 7회분이야."

최저 등급인 G등급에서 F등급으로 승급하려면 F등급 또는 G등급 의뢰를 30회 달성해야 한다.

나와 테토는 둘이 의뢰를 수행하므로 30회의 배인 60회분의 의뢰를 완수해야 한다.

참고로, 이 의뢰 30회분은 신참이 의뢰를 매일 한 건씩 달성했을 때를 상정한 숫자인 듯하다.

"이 속도면 열흘 이내에는 둘 다 F등급으로 올라갈 수 있어."

"근데요, 마녀님~? 매일 이만큼 따면 다른 사람이 곤란하지 않나요? 발견하는 대로 다 따고 있잖아요."

"그건 걱정하지 마. 약초는 뿌리만 남아 있으면, 사흘 정도 지나서 다시 자란다고 하니까."

게다가 최근에는 마을 북쪽에서의 오크가 출현 정보가 확인된 이후, 약초 채취를 맡는 F등급 이하의 모험가들이 안전을 위해 마을 내의 의뢰나 숲에서 멀리 떨어진 남쪽 평원에서 약초를 채취하고 있는 터라 우리가 있는 마을 북쪽은 약초를 따는 사람이 적다.

"자, 그만 갈까."

나와 테토는 그대로 길드로 돌아가 채집한 약초를 납품한다.

약초 채취는 값싼 의뢰지만, 시간 지연 마법 가방 덕분에 신선도를 유지할 수 있었다.

또 오크 토벌을 대비해 포션의 수요가 커져, 원래는 대동화 스물여섯 닢인 보수가 약간 올라서 딱 떨어지게 대동화 서른 닢=은화 석 닢이 되었다.

일본 화폐 가치로 계산해서, 혼자서 일당 15,000엔을 받았다고 생각하면 썩 괜찮은 일이다.

뭐, 나처럼 【마력 감지】 스킬이 있거나 테토처럼 대지와의 친화성(親和性)이 뛰어나지 않으면 어렵겠지만…….

"자, 오늘은 이만 숙소로 돌아갈까? 실험하고 싶은 것도 있으니."

"실험, 이요?"

"응, 내가 쓸 수 있는 마력을 늘리는 실험."

그렇게 답한 나는 일찍 숙소로 돌아와 침대 위에서 명상하며 마력 회복에 힘쓴다.

매일, 아침에는 【신기한 나무 열매】를 먹고 있어서 레벨 업을 하지 않아도 내 마력은 조금씩 늘어 현재는 약 2,800이다.

"간다. ──《크리에이션》! 【마정석】!"

마법사가 쓰는 마력 회복 수단에는 첫째로 마력을 회복하는 마나 포션과, 둘째로 마력을 저장해 둘 수 있는 광물 결정인 【마정석】이 있다.

이번에는 내 【창조 마법】으로 【마정석】을 만들어 낸다.

"후우, 됐다……. 하지만 비었지."

내가 창조한 건, 어디까지나 마력을 저장할 수 있는 용기로서의 빈 【마정석】이다.

【마정석】을 창조하는 데, 2,000마력 정도를 소비하고 남은 마력을 빈 【마정석】에 주입하면 느낌상 1,000마력까지 저장되는

마력 치트인 마녀가 되었습니다~창조 마법으로 자유로운 이세계 생활~ 1

듯하다.

소비한 마력의 절반이 마력 용량이 되는 것이다.

"마녀님? 어째서 쓸 수 있는 마력을 늘리는데 결정을 만드는 거예요? 마나 포션을 마시면 되지 않나요?"

"그렇지. 근데 마나 포션은 많이 마시면 배가 부르잖아. 하지만 【마정석】은, 결정 상태 그대로 저장한 마력을 꺼내서 마법을 발동하는 거야."

"으음?"

어리둥절해하는 테토에게는 물배만 차는 감각과 마정석의 마력으로 마법을 발동하는 편리성의 차이가 이해가 안 되나 보다.

나는 무심결에 쓴웃음을 짓고 만다.

"피곤하니까 잠깐 좀 쉴게."

"알겠어요."

그리고 명상을 통해 마력 회복에 힘쓴다.

"하루에 네 번 【마정석】을 만들어 잉여 마력을 저장해 두면 유사시에 다양하게 쓸 수 있으려나. 아니지, 이것도 【창조 마법】의 마력에 보태 쓸 수 있지."

내 마력과 【마정석】에 저장한 마력으로 【창조 마법】을 쓰면, 지금까지 창조하지 못한 것을 만들어 낼 수 있을지도 모른다.

그리고 최악의 경우, 【마정석】 자체를 팔아서 자금을 마련하는 것도 괜찮을 것 같다.

실험을 마친 나는, 테토와 저녁을 먹고 여느 때와 마찬가지로 잠들었다.

## 18화【강습(强襲)은, 불시에】

최근 2주일 동안, 나와 테토는 약초 채취 의뢰를 계속 맡아서 해 왔다.

그 결과, F등급으로 승급해 E등급의 토벌 의뢰도 받을 수 있게 되었다.

내 장비는 지난번에 산 그 원피스 위에 걸치는 망토라 달라진 게 없지만, 테토는 움직이기 편한 복장에 가죽으로 된 가슴 방어구를 착용하여 더욱더 검사다워 보인다.

그리고 매일 남는 마력으로【마정석】을 조금씩 만들어 마력을 보충하다 보니, 개수가 쉰 개를 넘어서 외부 마력이 5만 마력이나 되었다.

나와 테토는 F등급으로 승급했지만, 아직 토벌 의뢰를 맡을 수는 없었다.

"후우, 코 닿을 데에 마물이 나오는 숲이 있는데 출입 제한이라니. 다른 마을로 갈까."

현재 다릴 마을에서는 북쪽 숲에서 오크 부락이 발견되고 오크 킹이 탄생한 일로 E등급 이하로는 출입을 금지하고 있다.

그리고【바람 매】파티원을 포함한 모험가들의 오크 부락 섬멸 의뢰에 방해가 될 수도 있다고 판단하여 하급 모험가의 출입을

마력 치트인 마녀가 되었습니다 ~창조 마법으로 자유로운 이세계 생활~ 1

제한하고 있다.

"뭐, 순조롭게 진행됐다면 곧 토벌이 끝날 때가 아닌가? 테토, 이만 돌아가자."

"알겠어요, 마녀님!"

평상시와 똑같이 채취한 약초를 마법 가방에 넣고, 서쪽 성문으로 향한다.

모험가 줄에 서서 마을로 들어가려는 그때, 북쪽 숲 방향에서 포효와 비슷한 낮은 음성이 들렸다.

"테토, 조심해!"

"네, 마녀님!"

테토가 곧바로 검을 뽑아 경계한다.

마을로 들어가려고 줄을 서 있던 여행객과 상인들도 무슨 일인가 싶어 경계하는데 숲에서 검붉은 피부의 인간형 마물 열 마리가 전력 질주로 달려오고 있다.

"오거다! 도망쳐!"

식인귀 마물로 유명한 오거가 북쪽 숲에서 나타나는 바람에 사람들이 공황 상태에 빠져, 서둘러 마을 안으로 들어가려고 몰려든다.

"침착해! 천천히! 천천히 안으로 들어와!"

사람들을 유도하는 것보다도 전력으로 뛰어오는 오거들이 성문 앞까지 다다르는 게 더 빠를 것 같다.

"빌어먹을, 왜 C등급 마물이 열 마리나 나타난 거야! 누가, 모험가 길드에서 모험가를 불러와!"

"지금은 오크 킹 토벌 때문에 사람이 없어!"

"그래도 길드 사람을 불러! 성벽 위에서 쫓아내자고!"

"죽기 살기로 사람들을 지켜! 지원 요청도 해!"

마을을 지키는 문지기들도 몸을 떨면서 차례차례 지시를 내린다.

"이대로는 마을 밖에 있는 사람들이 유린당하고 말 거야…….테토, 몇 마리나 상대할 수 있겠어?"

"네? 모르겠어요! 그래도 해 볼게요!"

"그래, 일단 부딪혀 보는 수밖에! 가자!"

처음 보는 마물이지만, 던전에서 싸운 보스 몹, 스톤 골렘 정도의 압박감은 느껴지지 않는다.

크기도 그렇지만, 공격력도 스톤 골렘보다는 떨어지겠지.

테토가 검과 방패를 들고 오거 떼의 선두에게 달려들었고, 나는 비행 마법을 왼다.

"──《플라이》! 승리 조건은 성문에 도달하기 전에 오거 열 마리를 쓰러뜨리는 것. 그게 아니면 사람들이 다 몸을 다 피할 때까지 시간을 벌거나. ──《윈드 커터》!"

공중에 수 미터 뜨는 정도였던 비행 마법이 전과 비교해서 높이는 높아지고 훨씬 안정적이다.

위에서 내려다보며 테토가 상대하는 오거가 아닌 다른 개체를 향해 바람 날을 날린다.

그런데 시험 삼아 날려 본 오크도 두 동강 냈던 마법은 오거의 강인한 육체에 가로막혀 가죽 한 장처럼 얇은 생채기를 내는 것에 그쳤다.

"아하, 【신체 강화】로군. 하지만 스톤 골렘 정도는 아닌 것 같은데."

오거는 자기 마력으로 몸을 감싸서 방어력을 올린 듯 보였지만, 내가 느끼기에는 스톤 골렘의 방어력이 더 크다.

하지만 죽으면서 남기는 소재를 얻을 수 있는 던전 마물과는 달리, 지상 마물은 사체에서 쓸 만한 부위들만 깎아 이용하기에 사체 손상 정도를 신경 써야 한다.

"음. 어설프게 공격을 이어 가 봤자 소재만 손상될 텐데, 그렇다고 해서 고위력 불의 마법을 쓰기에는……."

오거를 쓰러뜨리기만 하는 거면 가능하겠지만, 소재를 온전 보존하면서 쓰러뜨리려면 머리를 좀 굴려야 할 것 같다.

게다가──.

"하아앗!"

테토의 검과 오거의 곤봉이 서로 맞부딪혔는데 테토의 무기가 부러졌다.

"이럴 수가! 마녀님께 받은 검이──!"

그리고 오거가 휘두른 곤봉에 맞은 테토가 지면을 10m 정도 구르자, 마을 밖에서 줄을 서 있던 사람들에게서 비명이 터져 나온다.

"아파! 감히, 용서 못 해요!"

그렇지만 아무 일도 없었다는 듯이 일어선 테토는 맹렬한 기세로 몸을 날려 오거에게 육탄전을 도전한다.

골렘의 힘과 큰 마력 총량으로 인해서【신체 강화】의 강도는 테토가 월등히 높기에 한 번 가격할 때마다 오거의 팔을 깨부수고, 발을 짓밟아 뭉개고, 가슴을 함몰시킨다.

「그아아아악——.」

그런 테토를 노리고 오거 세 마리가 몰려들었지만, 테토는 고전하면서도 오거의 다리를 로 킥으로 때려 부수며 한 마리씩 기동력을 깎는다.

그러면서도 되받아치는 오거의 공격에 날아가서 옷과 방어구가 너덜너덜해지지만, 굴하지 않고 다시 덤빈다.

"테토의 전투 방식은 꼭 광전사(狂戰士) 같네. 어디 보자, 그러면 나는——."

테토의 옆을 지나쳐 성문으로 바짝 다다른 오거들에게《윈드 커터》를 연속으로 날려 봤자, 오거의 몸에 생채기만 내고 괜히 화를 돋우기만 하겠지.

그렇다면——.

"【마정석】의 마력을 이용해서, ——《하딩》,《슛》!"

【마정석】에 경화(硬化) 마법을 발동하여【원초 마법】으로 쏜다.

매우 딱딱한 결정체가 고속으로 날아가고, 그 존재를 알아차린 오거가 곤봉을 들어 받아치려고 한다.

하지만 고속으로 비행하는 결정체는 곤봉을 부러뜨리고 관통하여 오거의 대가리에 깊이 박힌다.

오거의 머리에 박혔을 때,【마정석】의 마력이 끊겨 경화 마법이 풀리며 충돌 충격으로【마정석】이 깨진 모양이다.

마력 치트인 마녀가 되었습니다~창조 마법으로 자유로운 이세계 생활~ 1

"【마정석】 자체를 공격용으로 쓰는 실험은 성공했다고 봐도 되겠지?"

작은 돌을 이용해 같은 속도로 공격할 수는 있지만, 오거의 【신체 강화】에 막혀서, 오히려 그 돌이 깨지고 말 것이다.

그래서 【마정석】의 마력으로 경화를 유지하고 결정(結晶)의 마력으로 오거의 【신체 강화】를 중화해서 관통시키는 물리 마법을 만들었다.

"이 마법의 이름은──《하드 숏》으로 할까 봐."

다시 【마정석】의 마력을 이용해 경화를 유지하며 【원초 마법】으로 내 마력을 더해서 고속으로 발사한다.

딱딱하기가 이루 말할 수 없는 【마정석】이 고속으로 오거의 대가리에 꽂히며 뇌를 박살 낸다.

"좋아. 일단 머리 이외의 소재는 손상 없이 남을 테니까 나머지도 해치워야지."

발사한 파괴의 돌멩이가 오거의 뇌를 한 방에 파괴해 나간다.

눈 깜짝할 새에 대가리가 박살 난 오거의 사체가 쌓이고 남은 한 마리가 급하게 방향을 바꿔 숲으로 도망치려 하지만, 이를 놓치지 않고 【마정석】으로 뒤통수를 저격해 쓰러뜨린다.

"테토, 그쪽은 다 정리됐어?"

"네, 마녀님! 방금 끝났어요!"

네 마리째 오거의 안면에 주먹을 꽂아 넣어 쓰러뜨린 테토는 피가 튄 뺨을 닦지도 않은 채 뒤돌아서 대답한다.

다친 곳은 없지만, 수차례 맞고 손톱으로 긁히면서 옷과 방어구가 너덜너덜해진 탓에, 속옷과 천 조각만이 테토의 몸을 가까스로 가려 주고 있다.

"테토. 내 여벌 망토를 걸쳐서 좀 가리는 게 좋겠어."

"네~. 마녀님의 망토다!"

내가 청결 마법으로 튄 핏자국을 지워 주니, 테토가 여벌 망토로 몸을 감고 기뻐한다.

"그리고, 위병 아저씨? 모험가 길드에서 사람 좀 불러 주실래요? 사태를 설명하고 싶어서요."

"네? 아……. 네!"

앞다투어 마을 안으로 도망치려 했던 사람들이 발길을 멈추고 우리를 쳐다보고 있다.

오거라는 위험한 마물이 출몰한 현장에서 그들을 일방적으로 제압했으면서도 담담한 우리를 향한 시선에서 도망치듯이 모자를 깊숙이 뒤집어쓴 뒤 눈을 깔고 내 상태창을 확인한다.

이름: 치세(전생자)

직업: 마녀

Lv.44

체력 420/500

마력 2420/4021

스킬【장술 Lv.1】【원초 마법 Lv.3】기타 등등…….

고유 스킬【창조 마법】

막 여기에 왔을 때는 마력량이 2,800이었는데 마을에서 머문 약 한 달 동안 【신기한 나무 열매】를 꾸준히 먹고 오거를 해치운 결과, 레벨이 7이나 오르고 총 마력량이 4,000을 넘겼다.

내가 상태창을 확인하는 동안, 마을에서 온 길드 관계자들이 모이고 뒤이어서 오거들이 나타난 북쪽 숲에서 오크 킹 토벌에 나섰던 모험가들도 돌아온다.

"뭐야, 이거?! 누가 오거를 쓰러뜨렸어!"

"이봐, 북쪽에서 마을 쪽으로 도망친 오거가 모조리 죽었어!"

"이렇게 죽인 건 처음 봐. 머리를 일격에 박살 냈어."

"이쪽에 있는 사체는 맞아 죽었어! 어떻게 해야 이렇게 쓰러 뜨릴 수 있지?!"

그 후, 모인 모험가들과 길드 관계자들이 상황을 정리해 얘기해 주었다.

먼저 오크 킹을 중심으로 한 오크 부락 토벌은 완료했다고 한다.

다만, 오크 부락이 생기면서 오크의 포식자인 오거 집단도 근처 동굴에 자리를 잡은 듯하단다.

토벌대에는 오거를 제압 가능한 실력자가 있었지만, 토벌해야 하는지 방치해야 하는지 의견이 갈렸다.

오크 킹은 B등급 마물이며 개체가 300마리 가까이 되는 오크 부락도 위태하다.

한편, 오거의 위협도는 오거 한 마리가 C등급이며 그 집단도 C등급에 속한다.

서로 협조성이 없는 오거는, 개체를 하나하나 격파하면 문제

없다고 판단.

하지만 오거와의 전투로 오크 부락이 경계라도 하면 번거로워질 것 같아 뒤로 미루었다고 한다.

그 결과, 공교롭게도 오거 떼가 먼저 마을을 기습하였고 그를 알아차린 모험가들이 오크 토벌을 마치자마자 오거를 뒤쫓아 황급히 돌아왔다고 한다.

"그랬는데 마을에 도착하기 직전에 나와 테토가 오거를 모조리 격파했다는 거군."

"저기, 덕분이야. 고마워. 그런데 정말 저 오거들을 어떻게 해치운 거야?"

오거가 기습한 경위를 설명해 준【바람 매】의 라일 씨가 물었다.

듣자니 오거는 날 때부터 강인한 육체와 무의식적으로 발동하는【신체 강화】로 인해서 예부터 두려워하는 마물이란다.

일반적인 살상 방식은 출혈 과다를 노리든가 찢은 상처를 천천히 벌려 가며 치명상을 입히는 방법이다.

더 상위 등급의 모험가나 숙달된 기사라면 일격에 두 동강도 낼 수 있으나 이번 일은 어느 쪽에도 속하지 않기에 오거의 사체가 그만큼 이상하다는 이야기였다.

두꺼운 창이 머리를 꿰뚫기라도 한 듯이 일격에 머리가 박살난 오거의 사체가 여섯 구, 묵사발이 되어 가슴과 얼굴이 함몰된 게 네 구.

"테토는, 온 힘을 다해 때렸을 뿐이야. 내가 쓴 방법은 간단히 설명하자면,【마정석】에 담아 둔 마력을 사용해 고속으로 쏴서 머리를 관통시킨 게 다고.”

“【마정석】을 썼다고?! ……뭔가 날렸다는 보고가 있긴 했지만, 설마 그게 【마정석】이었을 줄이야. 위력이 굉장한걸.”

“【마정석】의 마력을 【경화(硬化)】로 돌렸으니까. 그거로 오거의 【신체 강화】를 중화하면서 공격하는 데 집중했어. 뭐, 마력이 끊기면 사출의 충격으로 【마정석】이 깨지는 일회성 물리 마법이니까 비장의 수단이라고나 할까.”

내 설명에 비장의 수단을 오거 여섯 마리에게 사용했다고 생각한 【바람 매】의 라일 씨의 얼굴이 굳는다.

“미처 도망치지 못한 사람들을 위해서, 그런 귀중한 것을……. 혹시 한 개에 마력을 얼마나 저장할 수 있는 거였어?”

“대략 1,000마력 정도. 그걸 여섯 개 썼어.”

그렇게 말하며 한숨을 쉬어 보이니, 라일 씨가 작은 목소리로 중얼거린다.

“한 발에 소금화 다섯 닢짜리 공격 마법……. 얘기한 대로 비장의 수단이 맞긴 하지만, 수지가 안 맞아. ……하지만, 사람 목숨은…….”

오거 한 마리를 토벌하면 받는 보수의 시세는 소금화 두 닢. 가죽과 뼈, 마석 등의 소재를 판 금액을 더해도 값이 엇비슷하거나 손해다.

마법사에게 있어 몇 번이나 사용 가능한 귀중한 마력 탱크인 【마정석】을 일회용 고위력 마법으로 바꾼 것에 당황했는지도 모른다.

보통은 아까워할 수도 있지만, 【창조 마법】으로 【마정석】을 만들 수 있는 내게는 공짜나 다름없다.

그래서 나로서는 사람을 구하는 게 더 중요하다고 생각한다.

"라일 씨는 마음 쓰지 마. 우리가 하고 싶어서 한 일이니까."

"아, 아아, 그래. ……알았어."

그렇게 대답하면서도 표정은 납득이 되지 않는 듯했지만, 라일 씨는 생각하기를 일단 멈춘 모양이다.

그리하여 오크 킹 토벌과 오거 습격의 뒷정리를 마친 후, 마을로 들어가 약초 채취 의뢰에 대해 보고하기 위해 길드로 복귀했는데 길드 마스터에게 나와 테토, 둘이 같이 호출당했다.

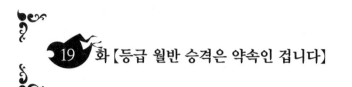

　오거 토벌을 끝낸 후, 나와 테토는 길드 내의 응접실에서 길드 마스터와 대면 중이다.

　불량 모험가와 시비가 붙었을 때, 우리 편을 들어 준 마스터는 현재 대단히 면목 없다는 듯한 표정을 짓고 있다.

　"두 사람이 성문 근처에 출몰한 오거 떼를 토벌했다는 보고를 받았어. 자네들이 처리하지 않았다면 미처 도망치지 못한 사람들이 적잖이 피해를 봤을 거야. 고마워."

　"아니, 마침 쓰러뜨릴 수 있는 도구가 있어서 도왔을 뿐이야."

　"그래도 듣기로는 한 발에 소금화 다섯 닢에 상당하는 【마정석】을 써서 오거 여섯 마리를 쓰러뜨렸다던데."

　돌멩이를 고속으로 발사하는 마법은 D등급 마법사라도 할 수 있는 일이리라.

　보통 돌멩이라면 【신체 강화】를 한 C등급 오거의 몸에 맞혀도 부서지고 만다.

　이번에는 【마정석】을 일회용으로 소모해서 오거의 【신체 강화】와 강인한 육체를 꿰뚫어 물리칠 수가 있었다.

　하지만 일반적으로는 몇 번이나 쓸 수 있는 방법이 아니다.

　난 그냥 사적으로 실험해 본 것이었는데 이렇게까지 고마워하면 오히려 내가 더 면목이 없다.

"이번 일에 대한 길드의 의견을 전달할게."

"아, 응. 알겠어."

다음번에는 오거 같은 마물을 어떻게 현명하게 죽일까 생각하는 차에 말을 걸어서, 순간 반응하는 게 늦어졌다.

"귀중한 【마정석】을 일회용으로 쓴 두 사람에게는 미안하지만, 길드는 오거 토벌 의뢰를 낸 적이 없어서 사후 수주로 인한 의뢰 보수는 발생하지 않아."

'어쩔 수 없지'

그렇게 생각하며 고개를 끄덕여 수긍한다.

"하지만 오거 소재는 손상 없이 남았지. 오거는 길드에서 해체해 소재를 매각하면, 한 마리당 소금화 두 닢 정도 돼. 보통은 오거 사체가 온전하거나 사체가 이렇게 많을 일이 없기도 한 데다 의뢰 보수도 없는 만큼, 꽤 후하게 쳤어."

테토가 쓰러뜨린 오거들까지 합쳐서 대금화 두 닢.

보통 사람이 똑같이 【마정석】을 일회용으로 활용했다면 손해겠지만, 우리에게는 충분한 이익이다.

그렇게 마스터에게 오거의 소재 매각 이야기를 듣고 있는데 옆에 앉아 있던 테토가 소맷자락을 당긴다.

"마녀님~, 테토는 마석요~."

"아, 그렇지. 오거 소재 매각은 알아서 하고, 마석은 받을 수 있을까?"

"그래, 상관없어. 근데 매각할 때 가장 값비싸게 팔리는 게 마석인데…….”

“얘가, 마석 마니아거든.”

그럴싸한 이유를 대며 테토가 ‘마석 좋아해요~’라고 어필하니 길드 마스터가 수긍하며 고개를 끄덕인다.

“하긴, 자기가 쓰러뜨린 마물의 마석을 모아서 훈장처럼 장식하는 사람이 많지. 특히 기사나 금전적으로 여유가 있는 상위 모험가가 그런 경향이 있어. 만끽한 후에 팔 수도 있으니까 말이야.”

지구에서도 사냥한 생물을 박제해서 장식하기도 하는데 이세계에서는 그 대상이 마석인가 보다.

그렇구나. 자신의 업적을 표하기 위한 마석이라……. 그러기도 하는구나, 하고 감탄한다.

“요구한 대로 마석을 남길 수는 있는데 몇 개는 우리에게 팔아 줬으면 좋겠어.”

“그러면 내가 잡은 몫의 마석은, 팔게.”

“그렇다면 마석 여섯 개군. 그럼, 다 합해서 소금화 열여섯 닢인데 괜찮겠나?”

길드 마스터의 물음에 나는 고개를 끄덕이며 소재 매각에 동의한다.

“얘기는 이거로 끝난 거야?”

“아니, 두 사람의 등급 승격에 관한 얘기도 해야 해.”

길드 마스터의 이야기에 우리는 귀를 기울였다.

“너희는, 많은 이들이 보는 앞에서 C등급 마물 열 마리를 토벌할 정도의 실력자야. 또한 파티 【바람을 타는 매】의 일원 두 사람이 오크의 상위종을 순식간에 죽인 것을 목격했기에 등급을 올릴 실력이 된다고 판단했어."

그러고는 한 번 숨을 가다듬고, 음료로 목을 축인 길드 마스터가 말을 잇는다.

"길드 입장에서 사람의 생명을 우선하는 태도와 행동은 둘도 없는 인재를 얻은 것으로 보고 두 사람을 한 번에 C등급으로 올리는 것도 고려했었어."

"고려했었다는 건, 결국 생각을 달리했다는 말이네."

"치세 양. 자네가 오거를 토벌하며 쓴 수단은 【마정석】을 이용한 고위력 물리 마법이야. 그런데 그 방법은 일회용 도구를 이용하여 본래 실력을 끌어올린 거라고도 생각돼. 이 같은 점을 감안해서 치세 양은 D등급. 혼자서 오거를 때려죽인 테토 양은 C등급으로 올리고 싶어."

이 등급 승격은 우리가 【마정석】을 일회용으로 쓴 것으로 인한 손해를 보충해 주는 의미도 있으리라.

나로서는, 관리하는 던전에 들어갈 수 있는 최저 조건인 D등급을 받을 수 있다면, 길드 마스터의 제안에 이의는 없다.

"나는 괜찮——."

"테토는 싫어요!"

"……테토?"

"윽, 저는 마녀님과 같은 게 좋아요~! 혼자서 C는 싫어요~!"

"잠깐, 테토?!"

갑자기 이의를 제기하는 테토를 달래면서 이야기를 들어 보니 나와 등급이 다른 게 마음에 안 드는 모양이다.

하지만 나를 C등급으로 올리기는 힘들다고 하니 테토 본인이 D등급으로 내리고 싶다고 한다.

"이제까지 등급을 올려 달라는 요구는 많이 들어 봤어도 자기 입으로 등급을 내려 달라는 사람은 처음이야……."

"미안……."

"아니, 아직 승격한 게 아니라 수고스럽지는 않아. 한데, 다시 생각해 보니 F등급에서 단숨에 C등급으로 걸러뛰면 튀어서 요전번의 장스 같은 불량 모험가에게 찍힐 수도 있겠어. 그러니 우선 D등급으로 올렸다가, 후에 승격하는 게 나을지도 모르겠 군. 대신에 C등급으로 올라갈 때 봐야 하는 시험을 면제받을 수 있도록 처리해 두지."

덧붙여서 우리 실력이면 금세 C등급으로 승급할 수 있을 거라 고 얘기해 준다.

겸사겸사 약초 채취 의뢰도 마쳤기에 새로운 카드를 받는다.

"이게 D등급 모험가의 길드 카드구나."

"와~, 마녀님하고 같은 카드예요~."

"아무튼 우선은 D등급이 된 걸 축하해. 그건 그렇고, 너희는 앞으로 어쩔 거야? 다릴 마을에서는 당분간 오크 잔당 사냥 의 뢰가 있을 거야."

오크 킹의 부락은 파괴했지만, 그 틈을 타 도망친 오크도 꽤 있다.

오크 토벌 의뢰는 기본 D등급부터이므로 얼마간은 토벌 의뢰가 많을 것 같지만——.

"D등급이 됐으니 마을을 떠나서 여행할래."

"모험가답군……. 여행 목적은 있고?"

"특별히 목적은 없어. 하지만……. 테토와 함께 살며 안주할 만한 땅을 찾는 게 목적이라면, 그게 목적이겠네."

내 얘기에 순간 길드 마스터가 어째선지 가엾다는 듯이 쳐다 봤다가 금세 표정을 가다듬고 여느 때처럼 험상궂은 얼굴로 돌아온다.

"너희 정도의 실력이라면 어디를 가도 활약할 거야. 마을에 남아 줬으면 하는 마음도 있지만, 응원하마."

길드 마스터의 응원을 받고, 길드를 뒤로하고 숙소로 돌아왔더니——.

"오거 떼를 물리친 두 사람이 치세와 테토였다니! 굉장해요!"

여관 종업원에게 영웅 취급을 받았지만, 난감해하며 재빨리 방으로 올라왔다.

"왠지 여러모로 피곤하네. 오늘은, 일찍 자자."

"네, 마녀님. 안녕히 주무세요~."

우리는 오거를 쓰러뜨리는 활약을 하고도 그 업적에 흥분하는 일 없이 여느 때와 같이 조용히 침대에서 잠이 든다.

다만, 마을에 위협적인 오크 부락과 오거 집단이 토벌되었다는 소식을 듣고 아래층의 식당 겸 술집에서는 사람들의 떠들썩한 소리가 밤늦게까지 계속되었다고 한다.

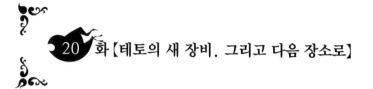

## 20화【테토의 새 장비. 그리고 다음 장소로】

다릴 마을에서 목적을 달성한 우리는 다음 장소로 가기 위한 여행 준비를 하고 있다.

"오거 토벌 보수로 돈도 받았으니 쇼핑 좀 하자."

"네~. 근데 뭘 사나요?"

원하는 게 있으면 그때마다 내【창조 마법】으로 만들면 된다는 건, 이제 테토도 아는 듯하다.

하긴, 식료품이나 생활용품 같은 건 만들어 쓰는 게 나을지도 모른다.

"의심받지 않을 선에서 먹을 것 등을 여러모로 사 두자."

"에이, 보존식은 맛없단 말이에요~."

"그러면 테토가 좋아하는 말린 과일도 안 사도 되지?."

"마녀님, 얼른 장 보러 가요! 장 열심히 봐요!"

좋아하는 간식 이야기를 꺼내니 바로 태도가 돌변하는 테토를 보고 킥킥 웃으며 우리는 장을 보았다.

테토가 말한 대로 필요한 건【창조 마법】으로 만들면 되지만, 내 마법으로도 만들 수 없는 게 있다.

"책과 테토의 새로운 장비를 사러 가자."

"책하고 장비요?"

"응. 책 속의 지식은 내【창조 마법】으로도 만들 수가 없거든."

내【창조 마법】으로 만들 수 있는 건 내 지식과 이미지에 영향을 많이 받는다.

그러므로 이미지를 구체적으로 보완하기 위한 지식을 효율적으로 수집할 수 있는 책이 필요하다.

"그리고 내가 더 강해지려면 마법 지식이 필요해."

"그렇군요~."

나 자신에게 당부하듯 한 말이었는데 테토가 맞장구를 친다.

오거와 일전을 벌였을 때, 내가【원초 마법】을 감각적으로 쓰고 있다는 걸 깨달았다.

주변에 피해를 주지 않고, 마물의 소재도 손상을 입히지 않고 쓰러뜨리는 마법을 익히고 싶다.

"《하드 숏》은 C등급 마물에게는 먹혔지만,【마정석】을 쓰지 않아도 해치울 수 있는 수단을 익혀야 해."

게다가 경화한【마정석】을 날리는 《하드 숏》은 물리 마법이다.

영적 존재 등 물리 공격이 통하지 않는 상대에게는 다른 공격 마법이 필요하다.

"그리고 테토, 네 검도 부러졌잖아. 내가 만든 거나 던전에서 획득한 것보다 테토 실력에 걸맞은 주문 제작 무기로 맞추는 게 나을 것 같아."

검을 쓰는 데 있어 까다롭지 않은 테토는 별로 흥미가 없으리라.

하지만 눈에 마력을 집중시켜 보고 안 것인데 검사 중에는 마력 전달률이 좋은 무기를 쓰는 사람도 있다.

이를테면 미스릴과 마강(魔鋼) 등으로 불리는 금속으로 제작한 무기다.

【신체 강화】의 마력은 자기 몸 외에는 두르기가 어렵다.

신체에 감싸는 【신체 강화】의 마력을 100이라고 하고, 일반 검에 마력을 두르면 10마력 정도까지 점차 줄어든다.

그렇지만 미스릴이나 마강으로 만든 검의 경우에는 50에서 60 정도의 마력을 두르면, 마력을 두른 양만큼 무기의 강도가 커지고 날이 더 잘 든다.

마력 제어 능력이 향상되면 무기에 두르는 마력도 커지지만, 미스릴과 마강 등의 본래 전달률이 좋은 무기를 쓰는 게 효율적으로 강해질 수 있다.

"그러니 테토의 무기를 사려고 해."

"음. 잘 모르겠지만, 마녀님이 주는 건 뭐든지 다 기뻐요!"

"그럼, 무기 가게에 들르자."

나와 테토는 길드에서 들은 모험가들이 많이 찾는 무기 가게로 들어섰다.

"안녕하세요. 잠깐 괜찮을까요?"

"아가씨들은 뭐야? 구경만 하러 온 거면 나가. 지금은 일하느라 바쁘니까."

"형, 그렇게 말하지 마. 어서 오렴, 뭘 찾니?"

신경질적인 장인 형과 부드러운 미소를 짓는 동생 드워프 형제가 경영하는 무기 가게는 익히 듣던 대로 같다.

"대금화 석 닢 정도의 예산으로 이 아이의 무기와 방어구를 갖춰 줄 수 있을까요?"

"부탁합니다!"

무뚝뚝한 나와 달리 애교 있게 말하는 테토를 번갈아 보더니 장비 예산을 들던 드워프 형제가 우리 주문을 거절하려 한다.

"흥. 우리 가게 물건은 꼬맹이들 장난감이 아니야."

"그래. 돈을 벌어도, 사용하지 못하는 사람에게 무기는——. 잠깐, 아니?!"

나와 테토가 각자의 길드 카드를 제시하며 D등급 모험가임을 확인시켜 주었다.

"D등급. 게다가 치세와 테토……."

깜짝 놀란 모습으로 우리 이름을 중얼거리는 무기 가게의 동생 드워프에게 묻는다.

"팔아 주지 않을래요? 마강 검이나 미스릴 검과 테토의 움직임에 거슬리지 않는 가죽 갑옷을 보여 줘요."

"잠깐만. 그쪽이 테토라는 모험가가 맞는다면 이제까지 썼던 검을 보여 주라!"

조금 전까지 우리를 손님 취급도 안 한 무기 가게의 형 드워프가 갑자기 태도를 바꾸었다.

그런데도 테토는 신경 쓰지 않고 생글생글 웃으면서 내가 테토에게 준 마법 가방에서 부러진 검 두 자루를 꺼낸다.

"이건 마녀님께 받은 검이고, 이건 던전에서 획득한 검이에요! 부러지긴 했어도 두 자루 다 마녀님에게 받은 소중한 검이니까 안 줄 거예요!"

"그러면 아가씨가 정말 오거와 싸운 거야?"

"도중에 검이 부러져서 마지막에는 때려죽였어요."

그 이야기를 듣고 턱에 손을 갖다 대는 무기 가게의 형 드워프와 딱딱한 미소를 짓는 동생 드워프.

"아, 아하하……. 우리 가게에도 죽은 지 얼마 안 된 오거의 가죽이 와 있어. 어떻게 죽였는지는 모르겠지만, 설마 너희가 그런 식으로……."

나는 매우 딱딱한 결정을 고속으로 날려 박아 넣어서 머리를 파괴했고, 테토는 육탄전으로 때려죽였다.

테토가 쓰러뜨린 오거의 사체는 가죽에 흠집은 적었지만, 그 거죽 아래로 살덩이나 뼈, 내장이 엉망진창이 되어 있었다고 들었다.

뭐, 오거의 살덩이와 내장은 쓸모가 없고 뼈도 가루를 내어 금속에 섞어 합금을 만드는 데 쓰이는 정도라 문제는 없었다고 한다.

"흠, 거짓말은 아니군. 날이 무딘 검은 내가 봐도 날이 뭉툭하지만, 철의 순도가 굉장히 높아서 튼튼해. 던전에서 얻었다는 검은 대장장이의 견본품 같은 검이야. 그런데 두 자루 모두 손질이 엉망이군. 핏자국은 마법으로 지웠지만, 날을 갈아 두지 않았어. 하지만 마력은 넣어 놨군."

【창조 마법】으로 만든 날 무딘 검과 던전에서 발견한 검을 그렇게 평가하는 무기 가게의 형 드워프가 우리를 빤히 쳐다본다.

그러고는 두 자루의 검을 확인한 후에 공방 안쪽에서 검 몇 자루를 들고나온다.

"아가씨. 이 검을 들고 마력을 흘려 봐."

"알았어요."

가져온 무기는 오른쪽부터 차례로 철, 마강, 미스릴로 만든 것이다.

테토가 무기 가게 형 드워프의 지시를 따라, 무기를 손에 들고 마력을 불어넣는다.

그때, 나도 눈에 마력을 집중시켜 무기의 마력 전달률을 보는데 무기 가게 드워프 형제도, 나처럼 똑같이 눈에 마력을 집중시켜서 보고 있다는 걸 깨달았다.

"오, 그쪽 아가씨도 눈치챘어? 우리가 눈으로 마력을 보낸 거."

"네, 두 분은【신체 강화】를 습득하신 건가요?"

"아니, 우리는 태어났을 때부터 도구만 만들어 왔어. 그래서 그저——."

뭔가를 만드는——, 특히 마력이 깃들어 있거나 담는 작업이 많다 보니까 장인들은 필연적으로 마력을 보는 것에 특화되어 있다고 한다.

"모험가들이 무의식적으로 몸의 마력을 쓰듯이 우리는 반대로 비밀스럽게 전해져 내려오는 비법으로서 마력을 다루는 방법을 배우지. 마을의 대장장이와 철물상의 차이가 바로 마력을 다룰 수 있느냐 없느냐야."

"그렇군요. 덕분에 하나 알아 갑니다."

그 외에도 눈에 마력을 집중하면, 정교한 작업을 보기 편하다든지 대장일을 할 때 환한 불빛으로 인한 눈의 통증을 예방하는 등의 면도 있단다.

내게 자신들의 일에 관해 설명해 주면서 테토가 무기에 마력을 두르는 마력량과 마력 전달률을 확인한 모양이다.

"자, 하던 얘기로 돌아와서. 테토 아가씨의 검은 마강 검을 추천하고 싶군."

"대금화 석 닢 정도의 예산이 있으니 미스릴 검도 살 수 있지 않아요?"

"내 얘기부터 들어 봐. 보니까, 마력 전달률을 고려한다면 미스릴도 괜찮은 선택지이긴 해. 하지만 부러진 검을 보아하니 테토 아가씨는 힘이 상당히 좋아. 그러면 무기 자체가 튼튼한 마강이 좋아."

'그렇구나…….'

설명에 납득한 나와 달리 테토가 고개를 갸웃한다.

"그리고 말이지. 테토 아가씨가 부러트린 검은 마력이 제법 어우러져 있어. 이걸 써먹지 않을 수는 없지."

"무슨 뜻이에요?"

내가 물으니 좋은 질문이라고 말하듯이 오랜 대장 작업으로 불에 그은 얼굴이 유쾌하다는 미소를 짓는다.

"일반 철검은 마력이 잘 안 통해. 하지만 도구는 쓰면 쓸수록 익숙해지지. 그건 마력도 똑같아. 적은 양의 마강을 심으로 쓰고 마력과 어우러진 철로 다시 검을 만들면 좋은 검이 만들어지지."

"마녀님의 검을 다시 쓸 수 있는 건가요?"

"그래……. 처음에는 마강만으로 만든 검보다도 못할 거야. 그렇지만 마강을 섞으면 마력에 반응해서 천천히 검의 철이 마강에 변질해서 강해지지. 게다가 사용자의 마력이 어우러진 무기는 마력에 반응해서 원래 형상으로 돌아가려고 하지."

무기 가게의 형 드워프가 한숨도 안 쉬고 설명했지만, 그런 그와 달리 어이없어하는 동생 드워프가 이야기를 보충해 준다.

"처음에는 마강보다 못한 검이지만, 마강만으로 만드는 것보다 훨씬 편해질 거야. 그리고 장기적으로는 손질할 필요가 없는 마검을 만들자고 하는 거야. 형은."

"손질이 필요 없다니, 지적하지 않을 수가 없군. 【자동 복원】이라고 하는 거야! 게다가 예부터, 유명한 마검류는 시간을 두면 복원된다는 게 일반적인 통념이라고!"

제안을 받은 나는 나쁘지 않은 것 같다고 생각한다.

앞으로 여행을 계속해 나가야 하는 이상, 대장간 한 곳에만 무기를 맡길 수도 없는 노릇이기에 테토의 무기만이라도 자동 복원이 되어서 손질할 필요가 없다는 건 좋다.

"테토는, 어떻게 생각해?"

"마녀님의 검을 다시 쓸 수 있다면 그거로 충분해요."

"그럼, 그렇게 해 줘요. 비용은──."

그 후, 드워프 형제가 테토의 마검 제작 의뢰를 수락해 주었고, 치수를 재어 달라고 부탁하고 우리가 죽인 오거 가죽으로 방어구 주문 제작을 맡기기로 했다

마검이 대금화 한 닢, 오거 가죽 갑옷 한 벌이 소금화 다섯 닢

으로 준비한 예산의 반으로 충분했다. 그래서 선금으로 제작비의 반을 치르고 가게를 뒤로한다.

"다음은 서점에 가자. 책은, 마법서하고……."

마을의 서점에서 관심이 가는 책을 소금화 일곱 닢만큼 구매했다.

내용은 별로 없는데 한 권에 은화 다섯 닢이 넘는 책이 많아서, 훑어보고 필요한 책을 선별하니 최종적으로 소금화 일곱 닢의 가격이 되었다.

그 결과, 책과 테토의 장비 구매비가 오거 토벌로 번 돈으로는 부족해서 길드 카드에 보관해 뒀던 돈도 썼다.

내일부터는 테토도 무기가 없어서, D등급이지만 약초를 따러 나가서 생활비에 보태기로 했다.

오크 킹 토벌이 끝났다지만, 아직 잔당이 있어 위험하기에 마을 북쪽은 인적이 드물 줄 알았다.

그런데──.

"……테토, 역시 따라오는 거 맞지?"

약초 채취 의뢰를 맡아 평원으로 향하는데 내 또래로 보이는 나이대의 F등급이나 G등급의 수습 모험가 소년 소녀들이 따라온다.

우리에게 방해되지 않게, 하지만 그렇다고 너무 떨어지지도 않은 거리에서 주위를 경계하며 약초를 찾고 있다.

"마녀님, 싫으면 테토가 쫓아내고 올게요."

"됐어, 신경 쓰지 마. 저 아이들이 방해하는 건 아니니까."

오크의 잔당이 출몰하면 수습 모험가들은 자기 몸을 지킬 수가 없을 것이다.

그래서 【오거잡이】인 나와 테토 뒤에 있으면 어느 정도 안전을 확보하면서 약초를 딸 수 있다는 타산적인 생각을 했을 수도 있다.

"못 말리네요, 우리가 나쁜 모험가였으면 어쩌려고 그러죠?"

언젠가 한 번, 약초를 납품할 때 접수원에게 그렇게 푸념했더니, 테토와 둘이 흐뭇한 미소를 지으며 쳐다봤더랬다.

"아이들도 사람을 보는 눈이 있어요. 자기 몸을 지키기 위해서는 아무리 강해도 난폭한 사람은 가까이하지 않는답니다."

"마녀님, 이러니저러니 하면서 마음 쓰고 있어요. 안 그런 척하면서 약초가 있는 곳으로 유도해서 올바른 약초 채취 방법도 잘 보이게끔 시범을 보여요."

"……그런 거 아니야. 그냥 약초를 못 보고 지나친 것뿐이고, 그 애들은 알아서 나를 훔쳐보면서 채취 방법을 배운 거야."

내가 얼굴을 피하면서 테토의 지적을 부정하지만, 테토와 접수원은 뜨뜻미지근한 시선을 거두지 않았다.

그리고 어떻게 된 건지 우리가 하던 약초 채취 인솔은 은퇴한 위병이나 전 D등급 모험가가 이어받아서 그 후로도 계속되게 된다.

그리고 일주일 뒤, 테토의 장비가 완성됐을 때쯤, 무기 가게로 받으러 갔다.

"오, 아주 잘 어울리네!"

"고마워요!"

무기 가게의 드워프 형제가 만든 검과 갑옷 한 벌을 몸에 걸친 테토는 다른 이들 못지않게 모험가로 보였다.

"여기, 잔금이에요. 맞는지 확인해 보세요."

"그래, 확인했어. 아주 보람찬 작업이었어!"

우리에게 대금을 받은 형 드워프가 처음 만났을 때의 퉁명한 표정은 어디 가고 성취감으로 가득한 표정을 하고 있다.

"마녀님, 마녀님! 지금 시험해 봐도 되나요?!"

장빗값을 다 치르자, 테토가 다시 벼린 검을 뽑아 자세를 취한다.

내가 무기 가게 드워프 형제를 힐끔 쳐다보니, 고개를 끄덕여 허락해 준다.

"마력은 주입해도 되지만, 휘두르는 건 안 돼."

"네!"

대답한 테토가 몸에서 방대한 양의 마력을 방출해 검으로 흘려 넣는다.

"허, 이것 참, 놀라운걸⋯⋯."

테토의 마력을 빨아들인 검의 도신(刀身)이 서서히 검게 물들더니 검 끝까지 색이 변해 간다.

"보통은 사용하면서 조금씩 마력이 어우러지며 색이 변하는데, 단숨에 마검으로 바뀌었어."

"마력량이 엄청나군⋯⋯. 검사지만, 궁정 마술사 버금가는 마력이지 않을까 싶은데."

테토가 놀라 입이 떡 벌어진 드워프 형제를 두고 기쁜 듯이 내쪽으로 돌아본다.

"마녀님, 어때요?! 이제 테토, 마녀님을 지킬 수 있어요!"

테토가 마력 방출을 멈춘 순간, 휘청거리며 그 자리에 웅크린다.

"테토, 괜찮아? 너무 무리했어."

"헤헤헤, 죄송해요."

테토가 핵에서 한 번에 마력을 흘려 넣어서 마강의 변질을 촉진해 마검을 완성했다.

골렘에서 진화한 새로운 종족이기에 인간보다 가진 마력이 많지만, 소비한 마력을 회복할 수단이 없다.

"못 말려, 무리하지 마. 그럼, 저희는 테토를 데리고 이대로 마을을 떠날게요."

"다시 한번 얘기하는 거지만, 작업하면서 정말 보람찼어. 엄청난 마력을 지닌 테토 양이 쓰다 보면, 마검이 한 번 더 변질할 것 같군."

그렇게 말하는 무기 가게의 드워프 형제에게 배웅받고 가게를 나와서 마을의 승합 마차 정거장으로 향한다.

무기가 완성되기를 기다리는 동안에 승합 마차 발차 일시를 알아봤다. 완성된 무기를 건네받은 뒤에 마차를 타고 마음 내키는 대로 다음 마을까지 갈 예정이었기 때문이다.

"테토, 정말 괜찮아?"

"헤헤헤, 마녀님과 딱 달라붙어 있으니까 좋아요~."

등에 팔을 둘러 받쳐 남들 모르게 마력을 《차지》해 회복시켜 주고 있는데, 반성하는 기색이 전혀 없어 보인다.

그리고 승합 마차 정거장에 도착했을 때, 【바람을 타는 매】의

삼인조가 우리를 기다리고 있었다.

"여, 치세 양, 테토 양, 기다렸어."

"라일 씨에 존 씨, 안나 씨까지, 왜 여기 있어?"

"배웅하려고 왔지. 다른 모험가들도 신세 졌잖아. 우리가 대표로 인사하러 왔어."

나와 테토가 신세를 졌다는 말에 고개를 갸웃한다.

이 마을에 머무른 기간은 길드의 자료실에 드나들던 일주일.

등급을 올리기 위해 약초 채취 의뢰를 맡았던 2주일.

그리고 테토의 장비가 완성되기까지 걸린 일주일.

다 해서 한 달 정도 머무르면서 모험가들이 내게 신세 진 기억이, 딱히 없었다.

"존을 치료해 주고 오거를 토벌한 건도 있지만 말이지. 두 사람, 최근 일주일간 약초 채취 의뢰를 마친 뒤에는 훈련소에 있었지?"

"응, 그랬지. 그냥 호신술과 면피술을 연습했어……."

나는 주로 마법으로 원거리 공격을 하지만, 만일을 위해서 적이 접근할 경우를 대비해 호신술을 연습했다.

길드의 훈련소에서 휴식 중이던 정찰수와 궁사들에게 발놀림과 적이 접근했을 때의 사고방식 등을 배우고 테토에게 추격해달라고 부탁해서 연습했다.

"오거도 혼자서 쓰러뜨리는데 더 강해지려고 하는 두 사람에게 자극받아서 제자리걸음 하던 모험가들도 의욕이 생겼어."

"그래? 딱히 의도한 건 아니니까 그렇게 고마워할 필요는 없는데……."

"그래도 고마워. 뭐, 그렇다고."

그렇게 우리는 라일 씨, 존 씨, 안나 씨에게 인사를 받았다.

특히 궁사인 같은 여성 모험가 안나 씨가 여자 둘이 하는 여정을 걱정해 준 건 기쁘기도 하고 쑥스럽기도 했다.

"곧 출발할 테니 타시오!"

승합 마차를 모는 마부가 마차 주변에 모인 사람들을 향해 외친다.

"마녀님, 가요!"

"그래, 가자. 그럼, 안녕. 다릴 마을."

우리는 승합 마차에 올라타 천천히 앞으로 나아가는 마차 안에서 멀어지는 다릴 마을을 바라보았다.

# 21화 【첫 마차 여행】

덜컹덜컹 흔들리는 승합 마차에 탄 나와 테토는 다음 마을을 향해 가고 있었다.

"이런, 생각 이상으로 더 힘드네. (──《크리에이션》 방석)."

딱딱한 짐받이와 흔들리는 마차에 엉덩이가 아플 것을 일찌감치 짐작한 나는 마법 가방 안쪽에서 엉덩이에 까는 방석을 【창조 마법】으로 두 장 만든다.

등급 승격과 【신기한 나무 열매】를 꾸준한 섭취로 마력량이 4,000을 넘어서 만들 수 있는 물건의 범위의 폭이 확 커졌다.

다만, 창조할 수 있는 폭 커졌어도 그때그때 형편에 맞춰 필요한 물건만 창조하기 때문에 모든 마력을 활용하고 있지 않다.

하루 동안 쓰고 남은 마력은 마력 탱크인 【마정석】 창조에 소비한 후, 【마정석】에 마력을 보충하고 있다.

"테토, 방석에 앉아."

"감사합니다!"

처음에는 마을에서 멀어지는 승합 마차 여행에 살짝 흥분했지만, 달리는 속도는 느리고 풍경도 거기서 거기다.

"테토, 말린 과일 먹을래?"

"먹을래요!"

"테토, 물 마실래?"

"마실래요!"

시간이 너무 남아돌아서 한 일이라고는 테토에게 먹이를 주고 다릴 마을에서 산 책을 읽는 정도다.

그리고 그런 우리를 다른 승객이 흘끗 보고는 이내 관심 없다는 듯 조용해진다.

마차가 흔들려서 멀미가 날 것 같기도 하지만, 【신체 강화】의 응용으로 머리에 마력을 집중하면 기억력 향상 말고도 반고리관이 강화되어 멀미를 막아 준다.

"그렇구나……. 다른 마법에는 이런 것도 있구나."

구매한 마법서에는 기본적인 불, 물, 바람, 땅의 하위 마법밖에 안 쓰여 있다.

하지만 그 외에 마법의 기능적 요소에 관한 내용은 실려 있었다.

기능적 요소를 조합하여 규모와 수의 대소를 바꿈으로써 마법이 더욱 복잡해져서 중위, 상위 마법으로 취급하는 모양이다.

나는 메모용 종이와 펜을 꺼내 기능적 요소의 조합을 적어 둔다.

나중에 실전에서 마법을 쓸 때 습득하고 싶다.

방금 메모한 상위 공격 마법을 완성한다면, 오거에게 【마정석】을 쓰지 않고도 깔끔하게 해치울 수 있으리라.

다른 승객에게는 망토에 달린 모자를 깊이 눌러쓴 내가 수상하게 보이겠지.

하지만 승객의 경계는 오래가지 않았고, 잠시 뒤에 다른 승객들도 수다를 떨기 시작했다.

"아가씨는 마법서를 읽는 것 같은데 수습 마법사야?"

"네? 아, 뭐, 비슷해요."

승합 마차의 마부가 분위기를 띄우기 위해 내게 말을 걸길래 대답했다.

"와, 굉장한걸. 어떤 마법을 쓸 수 있는데?"

"거의 불을 밝히는 《라이트》 마법이나 청결하게 해 주는 《클린》 마법 같은, 일상 마법하고 공격 마법을 조금 쓸 줄 알아요……."

여자 둘이 여행하는 게 흔치 않아서 별로 말을 거는 일이 없지만, 마차의 분위기를 유지하기 위해 최소한의 대답을 했다.

태평한 테토가 내 허벅지에 머리를 올리고 드러누워 장난을 치는 걸 보고 승객들이 흐뭇한 시선을 보낸다.

그리고 저녁 전에——.

"오늘은, 여기서 쉽시다."

그렇게 말하고는 마부가 도로를 따라 있는 휴게소에 마차를 세웠다.

승합 마차나 상인들은 도로에 일정 간격으로 마련되어 있는 마을이나 휴게소를 이용하면서 위험한 야간에 서로 협력하여 몸을 지킨다고 한다.

"그러면 테토. 텐트를 치고 저녁 먹을 준비를 하자."

"네, 그래요!"

다릴 마을로 가기 전의 생활로 돌아간 듯이, 테토가 능숙하게 텐트를 쳤다.

【창조 마법】으로 만든 텐트는 눈에 띄므로 바깥쪽에는 밀랍을

발라 방수가 되는 수수한 색의 천을 씌워 위장하고 있다.

잠자리에 들 준비를 마친 승합 마차의 승객들은 각자 알아서들 식사를 준비하고 있다.

대부분이 레토르트 음식을 먹는 와중, 우리는 간단하게 조리한 저녁을 차린다.

"저기, 아가씨들, 그건……."

"즉석 수프예요. 뜨거운 물을 넣어서 젓기만 하면 되죠. 드릴까요?"

"아아, 줄 수 있어?"

인스턴트 수프를 병에 옮겨 담은 거로 조리한 건데 그게 궁금했던 승객이 말을 걸었다.

"네. 한 그릇에 소동화 석 닢 주시면요."

창조한 인스턴트 수프는 업무용이므로 일본 돈으로 한 그릇에 20엔도 안 한다.

하지만 여기 이세계에는 인스턴트 수프 같은 간편한 먹거리가 없기에 귀한 음식이라는 느낌을 더해 소동화 석 닢……. 일본 돈으로 300엔쯤 되는데도 먹고 싶은 사람이 있는 모양이다.

"한 그릇 주게."

"그릇은 가져오세요, 거기에 따라 드릴게요."

승합 마차의 야영으로 인해서 따뜻한 수프를 먹을 수 있다는 것에 돈을 내고 달라는 사람이 많다.

어린아이가 있는 3인 가족이 수프를 한 그릇만 사서 셋이 나눠 먹으려고 하기에, 남들 몰래 더 많이 따라 주었다.

"하아, 채소 수프를 먹으니 몸이 따뜻해지는군."

"그러게, 배는 덜 부르지만, 그래도 맛있었어."

"야영할 때 먹는 딱딱한 빵을 부드럽게 풀기에는 딱 좋아."

그렇게 말하는 승합 마차 승객들의 반응을 보면서 식사 후에는 내가 먼저 텐트에서 쉬고 테토에게 불침번을 부탁한다.

여자 둘이 하는 여행이다. 어쩌면 한밤중에 모두가 잠들어 고요해진 틈을 타 습격할지도 모른다.

하지만 그런 걱정은 기우로 그치고, 무사히 아침이 밝았다.

마차 여행 이튿날에는 구매한 책도 두 번 읽으니 질려 버렸다.

그래도 책 내용 중에 신경 쓰이는 글귀가 있었다.

『──마력이 풍부한 사람은 장수하는 경향이 있다. 또한 마법의 정수에 도달한 극히 일부 사람은 불로의 몸을 얻는 것도 가능하다.』

그 부분을 몇 번이나 되풀이해 읽으며 내 미래에 살짝 불안감을 느끼지만, 승합 마차는 순조롭게 나아간다.

그리고 마차 여행 이튿날부터 다른 사람의 체취가 신경 쓰이기 시작했다.

함께 마차에 탄 사람으로서 냄새를 풍기는 건 싫어서 희망하는 사람만 《클린》 마법을 걸어 주었다.

그리고 사흘째 되는 날── 새로운 마을, 오토시(市)에 도착했다.

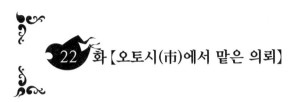

## 22화【오토시(市)에서 맡은 의뢰】

"고맙습니다, 즐거웠어요."

"고마워요!"

"그래, 아가씨들도 잘 지내!"

승합 마차에서 내린 나와 테토는 마부와 여정을 함께한 승객들에게 작별 인사를 하고 문지기에게 들은 길드로 향한다.

오토시는 변경에 자리했던 다릴 마을과는 달리 마물 피해가 적어서 성벽이 낮고, 그에 맞춰 낮은 성벽을 따라 마을이 가로로 펼쳐져 있다.

마을 외곽은 마을 발전에 맞춰서 지어진 단층집의 공동 주택이 늘어서 있어 번화가의 분위기를 자아낸다.

"이 마을에는 어떤 의뢰가 있으려나."

"어떤 의뢰든지 테토가 열심히 할 거예요!"

그런 대화를 나누며 길드에 들어가 내부를 확인한다.

여자애 둘이 와서 그런지, 길드에 있던 모험가들의 시선이 한순간 쏠리는 걸 느꼈지만, 이내 다들 시선을 돌린다.

우리는 접수원이 있는 카운터로 향했다.

"안녕하세요, 방금 막 오토시에 도착해서 인사하러 왔어요. 여기, 길드 카드요."

"테토도요!"

나와 테토의 길드 카드를 건네받고, D등급임을 확인한 접수원이 카드와 우리 얼굴을 재차 확인한다.

모자를 눌러쓴 마법사 소녀와 쭉쭉 빵빵한 동안 미소녀 검사가 제 몫은 해낸다는 D등급인 것에 놀란 듯하다.

"길드에서 추천하는 숙소가 있나요? 보시다시피 여자 파티라 안전이 보장된 곳이면 좋겠어요."

"그러시다면 큰길에 있는 숙소 중에 괜찮은 곳이 한 군데 있어요."

구체적인 위치를 들은 뒤, 오늘은 그곳에 머물기로 정하고 카드를 돌려받는다.

"의뢰는 내일부터 맡을 테니, 잘 부탁드리겠습니다."

"아, 네. 잘 부탁드려요."

어려 보이는데 어른스러운 말투로 말하는 내게 놀라면서도 제대로 답해 준다.

그리고 나와 테토는 의뢰 게시판을 본다.

"음~, 음~. 모르겠어요! 하지만 이건 약초 채취 의뢰예요!"

"맞아. 근데 이건 G등급 의뢰니까, 좀 더 높은 등급의 의뢰를 살펴보자."

처음에 테토는 글자를 읽을 줄 몰랐지만, 의뢰를 맡다 보니 간단한 단어와 숫자를 알아볼 수 있게 됐다. 나날이 성장 중이라 놀랍다.

그러던 중, D등급과 E등급 의뢰를 확인한다.

"다시 보니까 다양한 의뢰가 있구나."

토벌 의뢰는 물론이거니와 D등급부터는 호위 의뢰와 마물 소재 수집 의뢰, 인근 마을들에서 낸 의뢰, 돈 많은 상인 가문에서 낸 의뢰 등이 있다.

길드 의뢰 게시판을 미리 살펴본 우리는 길드를 나와 접수원이 추천해 준 숙소에 머물렀다.

가격은 다릴 마을에서 묵었던 여관보다 약간 저렴한 대동화 여덟 닢이었고, 침대와 식사의 질은 그럭저럭이었다.

식사가 살짝 부족한 감이 있었던 우리는 식후에【창조 마법】으로 다릴 마을에서 먹은 포장마차 맛집의 꼬치구이를 한 개씩 만들어서 먹었다.

밤에는 테토에게 안긴 모양새로 침대에서 잠들었으며 다음 날에는 아침 일찍 게시되는 길드의 의뢰 글을 보러 간다.

"어디 보자……. 아, 이 의뢰는, 어제 없었던 거야. 내용은……. 이거 괜찮겠네."

"마녀님~? 어떤 의뢰인데요?"

"E등급 의뢰인데【개척촌 후방 지원】이래."

구체적인 내용은 이곳에서 사흘 정도 걸리는 거리에 있는 개척 중인 새로운 마을의 지원 업무다.

이미 숲을 벌목하여 마을을 조성하였으며 개척 사업에 참가한 모험가들이 그곳의 주민이 될 예정이라고 한다.

개척 사업이야 힘이 센 모험가들에게 맡길 수 있지만, 일상적인 지원은 다른 모험가를 원하는 모양이다.

보수는, 식비 등은 의뢰인이 지불하고 일당 은화 한 닢이다.

이 개척 사업은 오토시를 포함한 몇몇 도시를 관리하는 가스파 백작가가 주도해서 진행 중인 모양이다.

"일단, 이야기를 들으러 가 볼까."

"네, 마녀님!"

나는 의뢰서를 들고 접수원에게 이야기를 들으러 간다.

"실례합니다. 이 의뢰는 어떤 건가요?"

"네. 아, 이 의뢰를 맡는군요. 업무 내용은 식사 준비, 의류 세탁, 주거 청소 등 생활 전반적인 보조입니다. 그…… 남성 모험가가 많거든요."

"그렇군요……. 알겠습니다. 할게요."

"감사합니다. 그럼 등록할게요."

의뢰를 수락한 나와 테토는 그 길로 의뢰지인 개척촌을 향해 걷는다.

아니, 정확히는 【신체 강화】로 사흘이 걸릴 거리를 하루 반나절 만에 주파했다.

마차를 타고 하는 유유한 여행도 나쁘지 않지만, 【신체 강화】를 하고 달리는 것도 상쾌해서 즐거웠다.

그리고 나와 테토는 도로에서 야영하고 그다음 날에 의뢰지인 개척촌에 도착했다.

나무들이 베여 있고 여러 명의 모험가가 오래된 집터에 텐트를 치고 기거하는 모습이 보인다.

그런데——.

"심하다……."

여기저기에 흙과 마물의 피로 얼룩진 옷가지들이 방치되어 있고 지원 물자로 온 식재료가 어질러져 있는 데다 빈 술병이 굴러다니고 있다.

마을이 조성됐다고 했지만, 그게 텐트촌일 줄은 몰랐다.

"실례합니다! 후방 지원 의뢰를 맡아서 왔습니다!"

"신입이 왔군! 이봐, 감독관을 불러!"

"갓슈 씨, 손님 왔어요!"

이 개척촌에서의 텐트 생활에 지쳤는지 한 청년이 비틀거리며 일어나 우리에게 다가온다.

그러고는 나와 테토의 모습을 보고 낙담한다.

"하아, 여자애 두 명인가. 뭐, 요리 정도는 할 수 있겠지."

"치세라고 합니다. 파트너는 테토고요. 그쪽은요?"

"아아, 나는 개척 사업의 감독관이자 개척촌이 완성되면 대관으로 취임할 예정인 갓슈 가스파야."

"가스파라면, 듣기로는 개척 사업의……."

"맞아, 왕국 백작가의 일원이긴 하지만……. 뭐, 떨거지 일곱째야."

귀족이라고 해도 삼남까지는 지위와 일을 이어받을 수 있지만, 그 밑으로는 그러기가 힘든 모양이다.

그래서 평민처럼 살거나 무관이나 문관이 되기도 하고 이렇게 개척 사업으로 성과를 내어 독립하는 수밖에 없다나.

"그건 그렇고요, 뭡니까, 이 상황?"

모자를 눌러쓴 채, 얼굴을 구기며 건강하지 못한 생활을 하는 텐트촌을 쳐다보니 갓슈 씨 본인도 난감하다는 듯 머리를 긁적인다.

"개척 사업이라고는 해도 마물의 습격으로 망한 마을을 재건하는 거거든. 그래서 정해진 범위 내의 나무를 자르고 베고, 숲에 있는 마물을 소탕한 후에 사람을 부르면 되겠거니 생각했었는데……."

"생활 기반이 없다시피 하고 일상적인 생활 능력도 없어서 그냥 그때그때 되는 대로 해결한단 말씀이군요."

말끝을 흐리는 갓슈 씨에게, 내가 직감적으로 생각한 것을 말하니 고개를 푹 숙인다.

아무리 칠남이라고 해도 일단 귀족 신분이기는 한 갓슈 씨는 생활 능력이 거의 없으리라.

그리고 모험가들도 기본은 정처 없이 떠도는 사람이 많기에 야영 시의 식사는 만들 줄 알아도 생활 기반을 만들어 내는 건 어렵다.

'정말 해도 해도 너무하다, 그래서 지원이 필요한 거였나.'

그렇게 이해한 나는 관자놀이를 손가락으로 눌렀다.

"그럼, 갓슈 씨. 이 개척 사업에 참가한 모험가는 몇 명인가요?"

"파티 넷에 스무 명 정도야. 전원 남자고."

집을 희망하는 유부남 모험가는 돈을 성실히 모아, 어딘가에 밭을 사들인다고 한다.

여기 있는 사람들은 독신 모험가 중심이다.

개척 사업에 성공하면, 이 땅에 정착해서 집과 토지를 소유하거나 모험가로 돌아갈 거라면 백작가가 그에 합당한 보수를 지불하기로 되어 있다.

개척 사업의 성공을 위해서는 쉰 명, 아니, 장기적으로는 백 명 정도 수용할 수 있는 상태를 조성해야 한다.

"우선, 파티원끼리 비바람을 피할 수 있는 곳이 필요해. 그러려면 집을 다섯 채 정도는 복구해야 하고. 테토!"

"네! ──《블록》!"

테토가 사용하지 않는 근처 집터에 손을 댄다.

그러자 남아 있던 집의 돌벽이 와르르 무너지더니 뿔뿔이 흩어진다.

"어어?! 뭐 하는 거야!"

"가만히 보기나 하세요."

테토가 해체한 돌들을 땅의 마법으로 깨끗하게 하고 모양이 반듯하지 않은 돌은 점토처럼 잘랐다가 붙여서 크기가 균일한 석재가 되었다.

그리고 모양이 반듯해진 돌들을 옛 집터의 토대 위에 가지런하게 쌓아 올려 눈 깜짝할 새에 집을 완성하였다.

"아, 마녀님, 입구가 없어요."

"그러면 입구를 낸 다음 무너지지 않게 보강하고 면밀하게 수정하도록 해."

"알겠어요!"

임시 주택을 수정하는 테토가 낡은 집의 잔해를 두 개 소비해,

집 한 채를 짓는다.

"오오, 굉장해……."

"우선 개척 사업 참가 모험가들은 이 집을 쓰세요. 저쪽에서 텐트 치면 곤란하니까요. 테토도, 집은 무리하지 않는 선에서 수리하고!"

"네! ——《블록》!"

테토가 두 번째 집을 만들기 시작하고, 나는 개척촌 상황을 확인한다.

"임시 주택은 해결했고. 다음은—— 갓슈 씨, 이 마을의 옛날 지도 같은 거 없어요?"

"그게, 어, 없습니다!"

"그럼, 종이든 나무든 뭐든 상관없으니까 현재 마을 상황이 어떤지 적으세요."

"네, 알겠습니다아아아!"

자기보다 어린 내게 위협을 느낀, 갓슈 씨가 황급히 준비하기 시작한다.

이 개척촌의 참상에 나도 모르는 사이에 마력이 새어 나와 위압을 가했는지도 모른다.

"우와, 저 아가씨 대단한데. 갓슈에게 지시를 내렸어."

"뭘 놀라, 술 마시고 싶다고 조르면 우리한테도 척척 내주잖아."

"하긴!"

껄껄 웃으며 입을 놀리는 모험가들을 내가 팍 째려본다.

"앞으로 식재료 관리 같은 건 내가 할 테니 이제까지처럼 진탕 술 마실 생각은 하지 마."

"이봐, 그건 아니지! 유일한 낙인데!"

"맞아! 돈은 잘 줘도 이딴 개척촌에 즐길 거리라고는 하나도 없단 말이야! 웃기지 마!"

그래 보인다. 모험가들의 심정도 이해한다.

하지만 지금 물러나면 개척촌 전부가 파탄 난다.

"그래서 뭐, 불만, 있어?"

자연스레 흘러나온 마력의 위압이 아니라, 전력으로 마력을 방출해 위압한다.

위압감을 느낀 모험가들이 몸이 경직되어 임전 태세를 갖춘다.

눈을 붙이던 모험가들도 퍼뜩 잠에서 깨어 무기를 들고 텐트에서 나온다.

모험가들에게 내가 그냥 어린애가 아니라는 것을 이해시키고 위압을 거둔다.

"나는 내 일을 할 거야. 우리가 관리해야 할 마을의 식재료에 손대게 할 수는 없지. 그 대신, 개척 작업 중에 사냥한 마물을 먹거나, 팔아서 금전적 이득을 챙기는 건 자유고, 본인 돈으로 이 개척촌을 들른 상인에게 뭘 사는 것도 자유야."

"알았어. 우리가 미안했어."

마력 위압으로 입을 다물게 한 뒤에 이성적으로 설득하니 리더 모험가도 납득한다.

"마녀님~, 집 다 지었어요~."

"테토, 고마워. 모험가들은 얼른 집으로 들어가! 물론 지금 사용하는 장소의 쓰레기를 치워서 한 곳에 둬. 내가 태울 테니까."

그렇게 말하고 내 위압에 정신을 차린 모험가들이 꾸물꾸물 움직이기 시작한다.

## 23화【목욕은 마음의 세탁】

"치세 씨! 지도 만들어 왔어요!"

"고마워. ……아하, 여기가 밭이고 우물은 중심에 있었구나. 그러면, 강은 마을 동쪽에 있겠네."

가 보니, 부서진 낡은 우물 주변에는 통이 굴러다니고 있고 그곳에서 물을 끼얹은 듯한 흔적이 보인다.

"우물 수리는 나중에 하고, 먼저 강가로 가자."

"네? 이번엔 뭘 하려고요?!"

약간, 비명 섞인 목소리로 묻는 갓슈 씨에게, 내가 돌아보며 대답한다.

"목욕탕이랑 빨래터를 만들 거야. 정말이지, 손이 많이 간다니까."

테토와 갓슈 씨를 데리고 마을 근처에 있는 강으로 간다.

그럭저럭 큰 돌이 데구루루 굴러다니는 강은 흐르는 수량이 충분했다.

"테토, 수로와 욕조, 빨래터를 만들어 줄래? 깊이는 내 허벅지 정도로 오게끔 하고."

"알겠어요!"

테토가 강가의 돌로 조금 전에 집을 만들었을 때처럼 형태를 다듬어 수로와 욕조, 빨래터를 만든다.

완성하자마자 수로와 욕조에 강물이 흘러 들어왔다가 배수구를 통해 강으로 흘러 나간다.

나는 배수구에 땅의 마법으로 모양을 다듬은 석판을 만들어 흘러나오는 물을 막는다.

강에서 흘러 들어온 물이 욕조에 고이면, 이번에는 취수구의 수로를 똑같이 석판으로 막는다.

"오오, 굉장하네요! 정말로 목욕탕과 빨래터가 됐어요! 그런데 왜, 이렇게 실력 좋으신 마법사 치세 씨가 이런 개척촌 후방 지원으로 온 겁니까?"

"응? 그냥 흥미가 생겨서."

"마녀님이 골랐기 때문이에요!"

대수로운 일도 아니라는 듯 대답하는 내게 갓슈 씨가 이해가 안 된다는 표정을 짓는다.

"그건 그렇고 갓슈 씨. 개척 물자 중에 도끼와 괭이, 식재료 말고 의류도 있어?"

"네? 아, 네. 있긴 있는데요……."

"그래. 그럼 괜히 지저분해진 옷을 다시 입힐 필요는 없겠네. ──《파이어볼》!"

강에서 끌어온 욕조 물에 화염탄을 때려 박으니, 단숨에 증기를 내뿜으며 주변이 뿌예진다.

"우와?! 이번엔 뭔가요!"

"그냥 목욕 준비를 한 거야. 아, 근데 욕조의 온수량이 줄었네. 너무 뜨겁게 했나 보구나. 물을 좀 더 부어서 온도를 조절해야겠어."

나는 물을 여러 차례 끌어와 수온을 맞추기 위해 마력량을 조절하여 위력이 약한 화염탄을 욕조에 넣는다.

그러자 마을 방향에서, 텐트에서 주택으로 이사를 하던 모험가들이 강 쪽에서 피어오르는 하얀 수증기와 물 끓는 소리에 마물이 나온 줄 알고 경계하며 뛰어온다.

"……뭐 해? 꼬마 아가씨."

"아아, 목욕탕을 만들었어. 갓슈 씨에게 새 옷을 받은 뒤에 들어가도록 해. 그리고 마을로 돌아오면 더러워진 옷도 정리해 두고. 저쪽에 있는 빨래터에서 깨끗하게 빨아 줄 테니."

일방적으로 통보하는 내게 모험가들이 놀란다.

"잠깐, 목욕 같은 거 딱히 안 해도 되는데……. 그리고 우리 파티에는 《클린》 마법을 쓸 수 있는 녀석도 있고."

"들어가. 명령이야."

연상의 모험가들이 말을 듣게 하려고 마력을 방출해 위압하니, 전원 움찔한다.

그러다 위압을 거두고 담담히 이유를 설명한다.

"그 《클린》 마법은 한 명을 완벽히 깨끗하게 하려면 몇 번이나 써야 하지? 그리고 지금 여기 개척촌에 있는 모험가 전원을 깨끗하게 해 줄 만큼 마력은 충분하고?"

"아, 아니……."

"그렇지? 그러니 다들 목욕해. 개척 작업과 마물 토벌로 흙 묻고 땀 흘리고 피가 튀어서 지저분할 거야. 그러니 깨끗하게 씻어. 병을 예방하는 데도 도움이 되니까."

그렇게 말하며 모험가들을 설득해, 목욕을 하게 만들었다.

모두가 한꺼번에 들어갈 수는 없기에 목욕하는 조, 목욕탕 주변을 망보는 조, 개척촌에서 더러워진 옷가지를 모아서 옮기는 조로 나누었다.

왜 본인들이 이런 일을 해야 하냐는 불만스러운 표정도 보이지만, 【창조 마법】으로 만든 빨래 바구니를 들려 쥐어 주고, 더러운 옷을 모으라고 시킨다.

"자, 더러운 옷…… 흙이나 핏자국이 너무 많이 묻은 건 내버려 둬. 한 번 빤다고 깨끗해지지는 않을 테니."

모은 옷가지를 손에 드니 풍기는 악취와 찌든 때에 한숨을 쉰다.

"──《크리에이션》세제. ──《워시》!"

강물을 이용해 물 공을 만들고, 물 공 안에 【창조 마법】으로 만든 세제를 넣어 더러워진 옷들을 차례로 집어넣어서 물 공 안쪽에 소용돌이를 일으켜 비벼 빤다.

"역시 세제가 최고야. 잘 지워지네."

세제 향기가 밴 옷을 깨끗한 물에 헹구고 나서 보니, 얼룩이 희미하게 남긴 했지만, 핏자국이나 땀, 흙은 대부분 씻겨 나갔다.

이로써 옷들은 아주 깨끗해졌을 것이다.

"이렇게 많은 옷을 말리는 것도 큰일이지만, ──《드라이》!"

이번에는 열풍을 쏘여 옷가지를 말린다.

"너무 열풍으로 말리면 옷감이 손상되지만, 이번에는 어쩔 수 없지."

그렇게 빨래를 끝낸 옷들을 분류하니 구멍이 났거나 찢어진 옷도 많다.

"이 옷은 찢겨서 못 입겠지만, 덧대는 데 써야지. 이건 그냥 구멍이 난 거니까 기우면 입을 수 있고. 이건 쓸 수 있겠어."

"후, 오랜만에 씻었네."

빨래를 분류하면서 테토와 함께 옷을 개는데, 맨 처음 목욕한 모험가들이 씻고 온 모양이다.

"이봐~, 아가씨. 씻고 왔어."

더러워진 옷을 일주일 정도 계속 입고 있다가 갓슈 씨에게 갈 아입을 새 옷을 받은 개척촌의 모험가 리더가 말을 건다.

깨끗이 씻고, 씻으면서 칼로 수염을 밀어서 그런지 새 옷 효과와 함께 말쑥해졌다.

"못 알아보겠는걸? 아까는 산적 같았는데 이제야 모험가로 보이네."

"너무하네."

리더가 신랄한 내 말에 씁쓸하게 웃었다가 표정이 부드러워진다.

"하루빨리 개척촌을 성공적으로 조성해 자리를 잡고 싶어서 초조했던 데다가, 개척 사업이 지지부진해서 자포자기 상태였어. 사람답게 사는 생활이 뭔지 잊고 있었지. 다시 일깨워 줘서 고마워."

"……됐어. 우리는 맡은 바에 충실할 뿐이야."

"마녀님이 쑥스러워해요~."

놀리는 테토 탓에 쑥스러워진 나는 표정을 감추기 위해 모자를 깊이 눌러쓴다.

"그럼, 맨 처음 들어간 사람이 모두 나오면 헌 물을 빼고 새로 넣어 줄게."

"그래, 고마워. 근데 말이야……. 마력은 괜찮아? 아까부터 계속 쓰고 있지?"

"괜찮아. 마력은 많거든."

없는 온수를 생성하는 게 아니라, 강물을 데우거나 조종해서 빨래에 쓰거나 하는 것뿐이라 걱정할 정도로 마력을 소비하지는 않았다.

그리고 욕탕의 온수를 강에 버리고 다시 욕탕에 물을 채우고 화염탄을 넣어 데우는 것이다.

두 번째 하는 일이라 얼마만큼의 마법을 쓰면 적정 온도가 되는지도 대충 파악했기에 바로 준비할 수 있다.

"슬슬 저녁 준비를 해야겠어. 갓슈 씨, 식재료 어디 있어?"

"그, 그게요……. 없습니다."

"뭐라고? 식재료가 없어?"

아무래도 전임자가 꽤 해 먹었나 보다.

식재료 횡령과 후방 지원 관리 태만.

의뢰인은 백작 가문이지만, 실제 현장 감독관은 갓슈 씨다.

전임자가 부정을 저지르는 것을 봤으면서도 평소에 의뢰로 몸이 단련된 모험가의 체격에 위축되어 아무 말도 못 했나 보다.

거기다 개척 의뢰를 수락한 모험가들도 제멋대로 행동해, 사태가 수습이 안 됐다고 한다.

일단은 의뢰 관계자이니 폭력을 행사하지는 않았으나 각자 자기 마음대로 행동하는 상황이다.

"──그래서 결국, 개척자 당사자인 모험가들이 못 참고 전임자를 쫓아내면서 후방 지원 의뢰는 실패. 근데 쫓겨난 전임자가 화풀이로 이번 주 식재료의 반절에 흙을 뿌려 못 쓰게 했다고."

쌈 채소와 빵, 육류는 못 쓰게 되었다.

남은 거라고는 병에 든 술과 애초에 따로 관리했던 소금 같은 조미료 정도밖에 없다.

덧붙여서 단맛이 나는 기호품도 횡령했다고 한다.

"하아, 골치 아픈 문제네. 하지만 이미 일어난 일이니 어쩔 수 없지."

다음 물자가 올 때까지 지금 있는 식재료로 어떻게든 버티는 수밖에 없다.

나는 일단 남은 식재료를 보기로 했다.

"육류는 사냥하면 어떻게든 될 테고 채소도 뿌리채소는 무사하니까 그걸로 버텨 봐야지. 그리고 숲도 가까우니 쌈 채소는 야생화한 채소와 산나물로 대체할 수 있어. 빵은── 어쩔 수 없네. 우리가 가지고 있는 걸 내놓을게! 테토, 도와줘!"

"네!"

빵은 내 마법 가방에 넣어 둔 것을 꺼냈다.

그나마도 테토와 둘이 여행할 때 먹는 위장용이라 개수도 적어서【창조 마법】으로 보충해야 할 것 같다.

그리고 수중에 있는 식재료로 채소 수프와 고기채소볶음을 요리하기 시작한다.

마을 안에 화덕을 만들어, 마법으로 화력을 조절한 나는, 조리용으로 위력을 조절한 《윈드 커터》로 채소를 한데 모아 자른다.

나는 고기채소볶음을 담당하고 테토에게는 채소 수프 요리를 맡긴다.

수프는 채소와 우리가 산 레토르트 베이컨을 넣어 보글보글 끓이다가 떫은맛이 점점 하얀 거품이 되어 뜨면 그걸 테토가 건져서 버렸다.

완성된 수프는 수프를 끓인 큰 솥째로 옮기고, 고기채소볶음도 거대한 중식 냄비 같은 프라이팬으로 세 번 정도 만들어 크고 널찍한 금속 접시에 옮겨 담는다.

"식사를 차렸으니 다들 본인 식기를 가지고 와. 빵은 한 사람당 두 개. 고기채소볶음과 수프는 나와 테토가 정해진 분량을 담아 줄 테니 불평하지 말고."

그렇게 모험가들이 저녁 식사를 배식받기 위해 줄줄이 줄서기 시작한다.

꾀죄죄해서 생활감이 없는 사람들이었는데 이렇게 씻을 수 있게 해 주고 음식으로 위장을 사로잡으면 다 넘어온 것이나 마찬가지다.

"맛있어, 오랜만에 요리다운 걸 먹는 것 같아……."

"그러게 말이야, 저 녀석들이 만든 요리가 맛이 너무 없었던

지라 되게 맛있네."

"이봐, 너한테 있는 고기는 좀 큰데!"

"훗. 운이 좋았지. 저 아가씨가 그랬잖아. 불평하지 말라고."

처음 봤을 때는 구제 불능 냄새가 났던 모험가들의 표정이 조금 밝아진 듯한 느낌이 든다.

"자, 모두 주목──."

저녁 식사를 마쳤을 때쯤을 가늠해서 가볍게 손뼉을 쳐서 모두의 이목을 모은다.

"나와 테토가 오늘, 여러모로 바삐 움직이긴 했지만, 개척 지원을 계속하기에는 일손이 부족하다는 거, 알아?"

"청소, 빨래, 목욕 준비에 식사 준비. 게다가 이따가 식기 정리도 해야 해요."

내 옆에 선 테토가 손가락을 접으면서 세며, 오늘 한 일을 말한다.

"그래, 정말 할 일이 많네."

모험가 리더도 단 하루 만에 극적으로 변한 개척촌의 모습을 둘러보면서 우리가 한 일을 인정해 주었다.

그래서 나는 그들에게 협조를 요구한다.

"일손이 늘 때까지는 식사를 아침과 저녁에 한꺼번에 대량으로 만들게. 하루 두 끼라 미안하지만, 그 정도로 우리의 작업을 줄이지 않으면 다른 일을 할 수가 없어."

원래라면, 좀 더 지원 의뢰를 할 사람이 모였어야 했는데 별거 없는 장기 의뢰라 지원자가 없으니, 지금은 나와 테토 둘이 해

나가는 수밖에 없다.

"갓슈 씨도 동의하지?"

"아, 네! 어쩔 수 없죠."

'듬직하지 못하네'라고 생각하면서 말을 잇는다.

"그럼, 다음으로 우리의 하루 일정을 전달할게. 아침에 식사를 차리고 식후에는 식기 뒷정리와 빨래를 할 거야. 그러니 빨랫감은 오늘 내놓은 빨래 바구니에 넣어. 오후 일정은 아직 뭘 할지 정하지는 않았지만, 여러모로 자잘한 일을 돕고 저녁에는 강가 목욕탕에 물을 데워 놓을 테니 전원 목욕해. 그리고 저녁 먹고 잠자리에 들면 돼."

그렇게 선언하니 몇 명이 아직 납득이 안 된다는 표정을 한다.

하지만 반론할 이유도 없기에, 딱히 할 말은 없는 듯하다.

"그러면 우리도 밥 먹고 뒷정리하고 쉴게."

나와 테토는 따로 빼 둔 저녁을 들고 임시 주택으로 들어가 다 식은 요리를 마법으로 데운 뒤에 함께 먹었다.

밥을 다 먹고 나서는 식기와 조리 기구를 강가로 옮겨서 설거지하고 정리하고, 드디어 임시 주택 안에 펼쳐 둔 침낭으로 들어간다.

"왠지 오랜만에 많은 사람과 얘기한 것 같아."

"마녀님, 멋있었어요."

"너무 피곤해. 사람에게 지시하거나 하는 건 안 좋아하거든. 따뜻하게 몸을 담그고 싶지만, 오늘은 이만 쉬자."

나는 의식이 멀어지기 직전에 나와 테토에게 《클린》 마법을 걸었다.

　내일은 조금 더 순조롭게 일하고 싶다는 생각을 하면서 집에
깔아 둔 침낭에서 잠이 들었다.

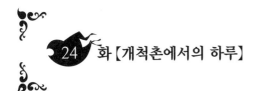 

개척촌의 아침은 이르다.

해가 뜸과 동시에 일어난 나와 테토는 차가운 우물물로 잠이 깬 뒤에 모험가 옷을 입고 장비를 착용하는 게 아니라 개척촌에서 작업하기에 편한 셔츠와 간소한 원피스로 갈아입고 그 위에 망토를 걸친다.

그러고 나서 테토와 함께 식재료를 확인하고 아침 식사를 준비하기 시작한다.

"자, 밥 다 됐어!"

크게 외치며 집마다 도니까, 잠버릇 사나운 남자들이 팬티 바람으로 느릿느릿 일어난다.

"여기. 그럼, 줄 서서 밥 받아 가. 그리고 빨래는 저기 있는 바구니에 넣고."

내가 지시를 내리지만, 이미 일주일이나 같은 행동을 반복하다 보니, 하기 싫어도 익숙해진 듯하다.

거기다 모두 길드에서 고수익 의뢰를 선점하려 쟁탈하던 모험가들이라 아침에는 잘들 일어난다.

그에 비해서 갓슈 씨는 어떠냐면──.

"조, 좋은, 아침입니다……."

"응, 좋은 아침. 여기, 빵하고 수프, 그리고 반찬."

귀족 가문의 칠남(七男)이라 그런지 아침에 약하다.

그래도 위에 따뜻한 수프를 넣어 주면, 그럭저럭 쓸 만해진다.

그렇게 모두가 식사를 마치면 뒷정리가 시작된다.

"테토, 저쪽에 있는 빨래를 가져와. 나는 이쪽의 식기를 옮길 테니."

"네!"

테토가 수십 명분의 옷들로 산더미인 바구니를 양어깨에 하나씩 얹고 강가까지 옮긴다.

나는 【원초 마법】에 통합된 【어둠의 마법】의 《사이코키네시스》로 식기를 정리해 공중에 띄워 옮긴다.

"염력이라는 건 정말 편리하구나. 테토, 발밑 조심해."

"어이쿠, 감사합니다!"

빨래하기 위해 강가까지 이동하는 도중에 테토가 발밑의 나무 뿌리에 걸려 넘어질 뻔한다.

나는 발밑을 조심하라고 주의를 주면서 《사이코키네시스》의 보이지 않는 마법의 손으로 걸려 넘어질 뻔한 테토와 쏟아질 뻔한 산더미 같은 빨래를 받치면서 아무 일도 없었다는 듯 강가로 향한다.

"그러면 어디, 시작해 볼까. ──《워시》!"

마법으로 깨끗한 강물을 조종해 물 공을 만든다.

그 안에 【창조 마법】으로 만든 자연 친화적인 세제를 투입해 빨래를 차례차례 깨끗이 빤다.

얼룩이 빠지면 더러워진 물을 버리고 깨끗한 새 물로 헹군다.

"테토, 그것 좀 널어 줄래?"

"네, 알겠어요!"

헹구기를 마친 다음은 바람의 마법과 내향(內向) 결계 마법을 조합해 물기를 뺀 빨래를 너는 걸 테토에게 부탁한다.

강가 근처에 있는 나무와 나무 사이에 튼튼한 밧줄을 쳐서 수십 명분의 빨래를 넌다.

빨래를 다 널면, 수십 명분의 식기도 설거지해서 햇볕에 말린다.

"자, 식기와 조리 기구 설거지 끝. 오늘은 날씨도 좋고 볕도 뜨거우니 빨리 마르겠어."

"맞아요!"

내가 손을 받쳐 하늘을 올려다보니 구름 한 점 없이 맑다.

따가울 정도로 눈부신 햇빛과 강에서 실려 오는 산들바람이 기분이 좋다.

"테토, 빨래 너는 거 도와줄게."

"부탁합니다!"

열두 살 어린아이의 키에는 빨래를 널 밧줄이 조금 높아서 발돋움하지 않으면 닿지를 않는다.

그래서 《사이코키네시스》 마법을 사용해 차례차례 공중에 빨래를 띄워 밧줄에 건다.

"여, 오늘도 일 열심히 하네!"

강 주변에서 작업하던 개척촌 사람들이 쉬는 중간에 우리에게 말을 건다.

처음에는 마법으로 빨래하고, 공중에서 춤추는 옷들을 보고 놀랐던 모험가들도 납득은 못했지만, 포기하고 받아들였다.

"고생이 많네, 다들 좀 쉬려고?"

"그래, 오늘 좀 덥잖냐. 잠깐 물에 몸 좀 담그러 왔어!"

사냥한 마물을 차가운 강물로 식혀서 처리하거나 마을 주변의 벌채, 개척 작업으로 지저분해지는 모험가들은 때를 빼려고 강에서 꽤 자주 멱을 감는다.

그런 그들이 우리 눈앞에서 셔츠를 훌러덩 벗어 던지고 상반신 나체로 강으로 들어간다.

"강물에 달아오른 몸을 식히니 시원하군!"

"다이빙하지 마, 바보야! 물이 나한테까지 튀잖아!"

"어쭈! 이거나 받아라!"

"너, 이 자식, 한번 해보자는 거지! 이리 와!"

줄줄이 강에 들어간 남자들이 물놀이를 시작하는 모습을 못 말린다는 듯 쳐다본다.

"정말이지, 몸만 컸지, 애나 다름없다니까."

어리지만, 어른스러운 나의 목소리를 듣고 갑자기 부끄러워졌는지 멋쩍은 얼굴로 얌전히 물을 끼얹는다.

한편, 빨래를 넌 테토가 눈을 반짝거리고 있다.

"즐거워 보이니까 테토도 같이 물 끼얹을래요!"

"뭐? 같이 뭘 해? 잠깐, 테토?!"

날이 더워서 강변의 바위 위에 신발과 니 삭스를 벗고 셔츠를 입은 채로 강물로 뛰어든다.

"하아, 상쾌해요~"

힘차게 강을 헤엄치는 테토를 보니까 【체술】 스킬의 영향인지 수영을 제법 잘한다.

그나저나 분명 골렘으로서 몸의 구성 요소의 대부분이 진흙일 텐데도 잘도 헤엄친다고 감탄이 나온다.

그리고──.

"꽤 큰데."

"애 같다고 생각했는데 의외로 몸매가 훌륭한걸."

"애를 잘 낳겠군."

먼저 몸을 물에 담그고 있던 개척촌 모험가들이 물에 젖어서 살에 옷이 딱 붙어 비쳐 보이는 테토를 쳐다본다.

그 노골적인 시선에 불쾌해진 나는, 목소리를 작게 해 《워터》 마법을 건다.

"아, 눈이이이익!"

"따가워, 코로 물이 들어갔어."

"콜록콜록, 사레들렸어……."

테토의 가슴을 빤히 보는 개척촌 모험가들 얼굴에 작은 물 공을 던져 줬더니 눈과 코, 입에 물이 들어가 고통스러워하며 괴로워한다.

그런 그들의 모습을 고개를 가우뚱하며 이상하다는 듯이 쳐다보고는 테토가 내가 있는 곳으로 돌아온다.

"마녀님도 같이 헤엄쳐요! 물이 시원해요!"

"아니, 난 별로──. 하아, 알았어."

테토의 권유를 거절하려는데 강에서 테토가 물기 어린 촉촉한 눈으로 쳐다봐서 마지못해 알았다고 했다.

수영복은 없으므로 망토와 신발을 벗어 둔 뒤, 젖어도 상관없는 평상복을 입고 강에 들어간다.

"아, 차가워서 기분 좋다."

"마녀님도 좋아해서 기뻐요! 우리 같이 여기서 저녁 식재료도 찾아요!"

그렇게 말한 테토는 내 손을 놓고 강가에 있는 바위 뒤에 숨은 비단게와 줄새우, 민물고기 등을 찾기 시작한다.

식재료를 조달할 겸 헤엄치는 거라면야 나쁘지 않다고 생각해, 강을 헤엄쳐 보려고 했지만, ──가라앉았다.

"어?! 마녀님! 물속에 가라앉는 건, 위험해요."

"콜록콜록……. 잠깐만, 다시 한번, 한 번만 더!"

이미지 트레이닝 한 대로 물속에서 움직일 수 없어, 혼란스러워진 나는, 한 번 더 헤엄쳐 보려 했다가 또 가라앉았다.

이전 생에서는 수영하는 법을 알고 있었기에 지금 몸으로도 수영할 수 있을 줄 알았다.

그런데 어째선지 손발을 버둥거리며 움직여도 몸이 강바닥에 가라앉고 만다.

"…………."

"마녀님, 괜찮아요? 그냥 물에 발을 담그고 시원하게 있어도 좋을 거예요."

"……그럴게."

처음으로 안 사실이지만, 아무래도 나는 헤엄칠 수 없는———, 맥주병인가 보다.

전혀 생각지도 못한 나의 결점에 충격받은 나는 망토 모자를 깊숙이 눌렀고 강가의 바위 위에 앉아서 헤엄치는 테토를 바라봤다.

그런 내 모습을 본 개척촌의 리더가 웃으면서 말한다.

"크크큭, 설마 어른스러운 꼬마 아가씨에게 이런 결점이 있었을 줄이야."

"……웃고 싶으면 웃으시지. 나도 오늘 처음 알았어. 내가 맥주병이라는 걸."

그렇게 말하며 혼자 토라진 나를 보고 웃던 리더가 난감해하며 내 옆에 앉는다.

"웃어서 미안. 근데 살짝 안심했어."

"안심?"

나는 깊이 눌러쓴 모자 아래로 옆에 앉은 리더의 옆얼굴을 쳐다본다.

"이렇게 젊은, 아니, 어리고 실력 있는 마법사가 다 망해 가던 개척촌을 다시 일으켜 세웠잖아. 우리처럼 은퇴까지 생각하는 모험가와는 달리 완벽한 줄로만 알았는데, 설마 헤엄을 못 칠 줄은……."

내가 헤엄치지 못해 바동바동하던 모습을 떠올렸는지, 크크크 웃으며 한바탕 크게 웃은 리더가 진지한 표정으로 내게 말한다.

"———근데 수영을 못 하는 건, 모험가로서 좀 문제가 좀 있어."

마물를 토벌하거나 소재를 채취할 때, 길에 못이나 깊은 늪, 강이 있는 곳에서 혹시나 물에 떨어지면 목숨이 위험해질 수 있다.

생각해 보니, 오크를 피해 도망치던 【바람 매】의 라일 씨 일행도 냄새를 없애고 도망치기 위해서 자처해서 물에 뛰어들었다고 했다.

"나는 수영 못 해도 괜찮아. 비행 마법으로 하늘을 날 수 있고 몸에 결계를 치면 헤엄치지 못해도 강바닥을 걸을 수 있어."

"잠깐, 그게 수영보다 훨씬 더 어려운 거잖아!"

그렇게 딴지를 걸고는 잠시간 잠잠했다가 리더가 또다시 웃기 시작한다.

그리고 나는 수영을 못 한 게 어쩐지 분해서, 개척촌이 무더운 날의 휴식 시간에 강가에서 테토와 함께 수영 연습을 했다.

그 결과── 아무리 연습해도 나는, 물에 가라앉기만 해서 결국에는 수영을 포기했다.

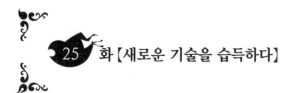 

## 25화 【새로운 기술을 습득하다】

개척촌을 돕는 일은 식사 준비와 빨래만 하는 게 아니다.

강가에서 빨래를 마친 뒤에는 마을로 돌아와 집마다 구석구석 있는 먼지와 쓰레기 등을 바람의 마법으로 말아 올려 모아서, 마을 한 구석에서 불의 마법으로 태우고 밭이 될 예정지에 그 재를 뿌린다.

그렇게 청소와 빨래가 끝나면 거의 오후가 된다.

"자, 테토. 가 볼까."

"네, 마녀님!"

"치세 씨, 테토 씨, 또 외출하세요?"

처음 며칠은 엉망진창인 개척 사업 계획을 대대적으로 철저히 분석하기 위해 감독관인 갓슈 씨와 함께 자료를 보는 바쁜 나날이 이어졌다.

현재는 자료 정리와 개척 방침의 우선순위가 정해져, 가끔 조언하는 정도까지 계획을 궤도에 올릴 수 있었다.

진심으로, 이전 생의 정신을 가졌다고 해도 열두 살 난 어린애가 참견하는 걸 겸허히 받아들여 준 갓슈 씨의 융통성에는 감사하고 있다.

"응, 테토와 같이 이 근처에서 약초를 따서 올게."

"다녀올게요!"

"부탁드릴게요."

테토가 손을 붕붕 흔들면서 마을에서 작업하는 개척촌 사람들의 배웅을 받고 개척촌에서 남서 방향에 있는 평원까지 나간다.

"포션 만드는 약초는, 정말 어디든지 자라는구나. 게다가 마나 포션 약초도 있어."

내 【창조 마법】으로 다양한 것을 만들어 낼 수 있지만, 나는 【창조 마법】을 쓰지 않고도 물건을 만드는 기술을 갖고 싶었다.

그런 와중에 개척촌의 모험가 중에 약 조합 기술이 있는 사람이 한 명 있었다.

"다행히 조합 기술을 가르쳐 준다고 해서 잘됐어."

"그러게요. 다행이에요."

포션 조합을 배우는 건, 나와 감독관 갓슈 씨. 그리고 그 조합사 모험가 사이에 이해가 일치해서 실현될 수 있었다.

——나는 포션 만들기 조합 기술을 배우고 싶다.

——갓슈 씨는 개척 사업의 지원 물자로 들어오는 포션을 현지에서 생산해, 구멍 난 예산을 메꾸고 포션을 들여올 공간에 다른 물자를 채우고 싶다.

——조합사 모험가는 장래에 이 마을에서 약국을 개업하기 위한 지반을 닦고 싶다.

그렇게 세 사람의 이해가 일치하여 우리가 개척촌 근처에 있는 평원에서 채취할 수 있는 약초를 따 모아 오는 대신에 조합 기술을 가르쳐 주기로 한 것이다.

그리고 내게는 한 가지 목적이 더 있었다.

"좋아, 약초는 이 정도면 됐어. 그러면, ——《크리에이션》 비누풀 씨앗."

나는 【창조 마법】으로 어느 약초의 씨앗을 만들었다.

"마녀님? 그건 뭔가요?"

"비누 대신이 될 약초의 씨앗이야."

내가 지금은 자중하지 않고 【창조 마법】으로 만든 세제로 빨래하고 있지만, 우리가 개척촌을 떠난 뒤에 같은 수준으로 빨래를 할 수 없게 되면 개척촌 사람들에게서 불만이 나올 것 같았다.

【창조 마법】으로 만들어 낸 세제는 두고 갈 수 없지만, 그 대신이 될 비누가 되는 약초 씨앗을 평원에 뿌려, 조합할 수 있는 모험가에게 비누 제조를 맡기려고 한다.

전에 다릴 마을의 자료실에서 비누 대용 약초에 관한 내용이 적힌 걸 본 적이 있으니, 특별한 일은 아니리라고 생각한다.

하지만 【창조 마법】으로 만든 새로 고안한 신종 비누풀은——.


· 약용으로 사용할 수 있으며, 향기가 좋고 독성이 없다.
· 주변 식생에 크게 영향을 주지 않기 위해서 번식력은 억제했지만, 생명력은 강하다.
· 다양한 환경에 잘 적응하며 비누 성분도 친환경적이라서 천연 성분 비누다.

내가 개발한 최강의 비누 식물 씨앗의 일부를 평원에 뿌린다.

남은 씨앗은 테토의 흙의 마법으로 만든 화분에 심어 조합사 모험가에게 줄 생각이다.

"자, 약초도 충분히 땄으니 돌아가서 조합 기술을 배우자."

"네!"

나와 테토는 개척촌으로 돌아와 초원에서 채취한 약초와 비누 식물 씨앗을 가지고 우물과 가까운 곳의 수리한 집 부지로 들어섰다.

"안녕하세요. 오늘 분량의 약초를 따 왔어요."

"오늘 잘 부탁드립니다!"

"따 왔구나. 고마워."

집 앞에서 말을 하니 조합 기술을 가진 모험가가 문을 열고 맞아 준다.

"이게 오늘 딴 약초예요. 그리고 이 씨앗이——."

"지난번 말한 두 사람의 고향에서 가져온 비누 씨앗 맞지? 이게 그거구나……. 내가 아는 것과는 다른 종이네."

조금 전 딴 약초를 그 자리에서 적절히 처리하면서 비누 식물 씨앗을 곁눈질로 보고 있다.

"정말 씨앗을 받아도 되는 거지?"

"네. 그 대신, 제게 포션 조합을 가르쳐 주세요."

"뭐, 그 정도는 틈틈이 가르쳐 줄게."

비누 식물 씨앗을 받아 든 모험가에게 나는 조합 기술을 배우기 시작한다.

"포션 같은 마법 약과 일반 탕약. 이 둘의 차이는, 알아?"

그 질문에 나는 뜸 들이지 않고 대답한다.

"식물의 마력 유무 말씀인가요?"

우리가 딴 약초는 마력을 다량 함유하고 있다.

그렇기 때문에 마력을 눈에 집중시켜 찾으면, 쉽게 판별할 수가 있다.

"반은 맞았어. 방금 답한 대로 마법 약에는 마력이 들어 있지. 하지만 마법 약은 식물과 마물의 내장 등의 소재와 소재에 든 마력에 인간의 마력을 더해서 증폭·변화시키는 거야."

거기서부터는 조합사로서의 이야기와 모험가로서의 경험을 둘 다 들려준다.

왜, 조합하는 데 소재의 신선도가 중요하냐면, 포션을 비롯한 마법 약에는 약효 성분과 마력이 함유되기에. 그리고 조합사가 가미하는 마력 요소가 중요하다.

신선도가 떨어져서 소재에 함유된 약효 성분과 마력이 약해지면 아무리 조합사가 마력을 넣어도 회복 효과가 떨어진다.

반대로 아무리 일류 소재를 갖추었다 할지라도 만드는 사람의 실력과 마력, 그리고 더하는 마력의 방향성이 안 좋으면 포션의 질이 나빠지는 게 아니라 독약이 된다.

"조합사에 관한 기본 지식은 이 정도려나. 뭐, 대장장이도 금속과 마물 소재, 단열로, 그리고 대장장이의 마력을 합쳐서 무구(武具)를 제작하니까, 좀 비슷하다고 할 수 있을지도. 뭐, 대장장이는 도구, 우리는 소모품을 만들지만."

얘기해 준 내용에는 테토의 마검을 만들 때 들은 무기 가게 드워프 형제가 한 이야기와 통하는 부분이 있었다.

근데 테토는 조합 기술에는 흥미가 없는지 혼자서 【땅의 마법】으로 화분을 만들어 비누 식물 씨앗을 심고 있었다.

"뭐, 포션 강의는 이쯤해 두고. 이제 실제로 만들어 볼까."

그렇게 말하며 포션 만드는 것을 직접 시범으로 보여 준다.

나는 마법 가방에서 【창조 마법】으로 만든 무지 공책을 꺼내 포션 조제 설명을 적어 둔다.

"마법 가방을 가지고 있구나. 부러워라."

"그래요?"

"그래. 내가 모험가가 된 이유는 내 손으로 직접 소재를 수집하기 위해서인데, 그렇게 공들여 처리했는데도 소나기에 소재가 젖어서 마을에 돌아왔을 때는 못 쓰게 된 적이 있었거든."

그래서 환경에 좌우되지 않고 휴대할 수 있는 마법 가방이 당시에 갖고 싶었다고 한다.

거기다 신선도를 유지하며 이동할 수 있는 시간 지연형 마법 가방은 지금도 몹시 탐나는 물건이란다.

그 얘기를 들은 나는 내 마법 가방이 시간 지연형이라는 건 말하지 말자고 생각했다.

이 외에도 달인 약초를 뜨거운 물을 뜬 냄비에 넣고 섞으면서, 천천히 마력을 흘려 넣으면서 그는 다양한 체험담을 들려주었다.

"내가 햇병아리였을 때는, 포션을 살 돈도 없어서 다쳤을 때,

근방에서 딴 약초를 이로 뭉갠 것을 상처에 대서 응급 처치를 한 적이 있었어."

"네? 그게, 효과가 있었나요?"

"인간의 체액에는 마력이 담기기 쉽다고들 하잖아. 그래서 타액과 씹어 짓이긴 약초를 입 안에서 뭉치고 그 덩어리를 상처에 바르는 건 예부터 있던 민간요법이야."

'그런 방법이 있었구나'라며 놀라는 내게 '매우 설득력이 있는 방법이야'라고 설명한다.

"인간의 입을 가마솥이라고 치고 마력을 넣어 회복 효과가 있는 약을 만들어. 일단 이론상으로는 지금 하는 포션 만들기와 똑같으니까."

그러한 체험담과 민간요법 얘기를 재빨리 메모하고 그 외에도 뭔가 유익한 이야기가 없나 진지하게 귀를 기울이며, 가끔 공책에 필기하는 나를 보고는 조합사 모험가가 킥킥 웃는다.

"그건 그렇고 기쁜데……."

"기뻐요? 왜요?"

"아니, 자포자기 상태였던 우리를 맞는 말만 해서 제압한 어른스러운 여자아이가 아저씨의 이야기를 이렇게 즐겁다는 듯이 들어주니까."

그 말을 들은 내가 입가에 손을 대 만져 보지만, 나로서는 잘 모르겠다.

그때, 화분을 껴안은 테토가 지적한다.

"마녀님은 즐거워하며 웃고 있었어요. 그리고 눈이 엄청나게 반짝반짝했어요."

"그랬지. 어른보다 더 어른스러웠지만, 아이 같은 면도 있어서 마음이 놓이네."

이래 봬도 이전 생을 한 번 산 사람이기에 아이 같다는 말을 들어도 탐탁지 않다.

그때 문득 내가 몇 살에 죽었을지 궁금하다.

이전 생의 지식은 남아 있는데 개인적인 기억이 없다. 이제까지의 지식량으로 생각하면 성인은 넘겼을 듯하다.

골똘히 생각하기 시작한 나의 뺨을 테토가 손가락으로 찌르고 그 모습을 본 조합사 모험가가 또 웃는다.

"뭐, 포션 만들기의 기본은 대강 이런 느낌이려나?"

이러니저러니 이야기하는 동안 포션이 완성되어 식힌 천으로 거른 뒤에 포션 병에 담는다.

완성된 포션은 체력을 1,000 회복하는 물건이었다.

개척촌의 C등급 모험가의 체력이 3,000 전후인 걸 고려하면, 체력 1,000을 회복할 수 있는 포션은 일반인용 포션이라는 게 된다.

"자, 한번 해 봐."

"마녀님, 힘내세요!"

그리고 두 사람의 응원을 듣고, 나는 처음으로 포션 만들기에 도전한다.

포션을 만드는 과정을 눈에 마력을 집중해 보고 있었기 때문에, 마력을 스미도록 한다는 게 어떤 느낌인지도 알았다.

나는 약초를 정성껏 처리해서 달이고, 그 달인 약초를 가마솥에 넣는다.

"약초와 뜨거운 물의 분량은 어느 정도가 가장 적당하죠?"

"그건, 경험과 감이야. 베테랑 조합사도 사용하는 도구가 바뀌면 손에 익을 때까지 포션의 질이 떨어지거든."

그런 설명을 해 주는 조합사의 이야기를 듣고, 그건 사용하는 가마솥이 철물점마다 크기가 미묘하게 다르기 때문이 아닐까 하고 생각한다.

조합 기술을 익히면, 【창조 마법】으로 만든 계량컵으로 정확한 분량을 알아볼 것이다.

그런 걸 생각하면서 나무 주걱을 통해서 가마솥의 액체로 마력을 침투시킨다.

우물물과 달인 약초에서 배어난 약효 성분이 가마솥에서 섞이고, 섞인 액체로 조금씩 내 마력을 주입한다.

가마솥을 저으며 마력을 붓는 행위에 조금 기분이 좋아져 콧노래가 새어 나온다.

이 포션을 쓴 사람의 상처가 낫기를, 그런 생각을 하면서 딱히 정해진 멜로디 없이 즉흥적으로 콧노래를 부르며, 포션이 저장할 수 있는 마력량의 한계를 느끼며 작업을 마친다.

'이 가마솥에 든 액체에 마력을 한계까지 가득 채우는 데, 대략 1,000마력 정도가 필요하구나.'

현재 내가 4,000마력을 넘기에 포션 제조는 상당한 마력을 소모하는 것 같다.

하지만 이 한 번의 작업으로 포션 열 병은 나올 것이다.

"어? 이건……."

그리고 내가 만든 포션을 보고 깜짝 놀라는 조합사 모험가는 완성된 포션을 병에 담아 성능을 비교한다.

"이럴 수가……. 처음 만든 치세가 나와 동등한 성능의 포션을 만들었어……. 이게 재능의 차인가……."

내가 만든 포션의 색깔은 조합사 아저씨가 만든 것과 똑같고 회복량도 같다.

조합사 아저씨가 뒤돌더니 진지한 표정으로 나를 쳐다본다.

"치세. 현재 마력량이 어느 정도 돼?"

"4,000을 좀 넘겼어요. 아마 앞으로 더 늘 거예요."

처음에는 50마력으로 일반인으로 쳐도 적은 부류였지만,【신기한 나무 열매】를 먹고 레벨 업을 한 덕분에 큰 폭으로 증가했다.

그리고 앞으로 레벨 업 속도가 느려져도【신기한 나무 열매】를 꾸준히 먹으면 마력량은 틀림없이 더 늘 것이다.

"엄청난걸. 내 마력량은 2,000이야. 게다가 마력 성장이 한계에 다다랐어."

그렇게 말한 그의 눈에는 선망의 빛이 어려 있었다.

"마법 약 조합은, 조합사의 큰 마력이 이점이 돼. 마력이 크면 한 번에 포션을 대량으로 만들 수 있어. 또, 한 병 만드는 데 며칠이나 걸릴 마법 약의 제작 시간도 단축할 수 있지."

마력이 적은 조합사는 작은 솥을 써서 한 번에 만들 수 있는 양을 줄이거나 마력을 제어해 포션에 침투시키는 마력 낭비를 줄이거나 【마정석】에 마력을 담아 뒀다가 마력을 끌어올리기도 하고 역으로 침투시키는 마력을 줄여 조악한 것을 대량으로 만들기도 한단다.

"그러니까 말이지. 마법사인 치세에게 할 말이 아닐지도 모르지만, 그 마력은 너의 강점이야."

'아니, 지금의 마력과 방금 한 포션 제조만으로도 살아갈 수 있어'라고 했다.

"자, 마법사라서 마력량과 마력 제어는 좋았지만, 조합 기술은 아직 초보야. 앞으로 다양한 소재의 처리 방법을 알려 줄게."

"네, 잘 부탁드려요."

조합사 아저씨는 메울 수 없는 재능의 차이를 목도했다고 말했음에도, 내게 조합 기술을 알려 주겠다고 한다.

오히려 본인의 모든 것을 기억해 달라고 말하듯이 가르쳐 줘서, 그 모든 것을 무지 공책에 적어서 기록을 남기고, 시간이 빌 때마다 포션 제조 연습을 반복한다.

조합사 아저씨에게는 답례로 【창조 마법】으로 만든 【마정석】을 건네, 그가 마력량 문제로 만들지 못한 레시피를 테토가 지켜보는 데서 둘이 만들어 나간다.

"아하하하, 치세 너는 조합을 배울 때는 그 나이에 맞는 얼굴을 하는구나! 뭐, 나도 【마정석】 덕분에 만들 수 있는 레시피가 늘어서 나잇값도 못 하고 흥분했지만 말이야!"

그의 나이에 【마정석】을 사용해서 새로운 레시피에 도전할 수 있는 것에 기뻐하는 조합사 아저씨와 함께, 개척촌에서 쓸 포션과 이 개척촌 주변에서 수집할 수 있는 소재로 포션을 만들어 보기도 했다.

내가 조합을 배우는 한편, 테토는 매일 화분에 심은 비누 식물을 돌봤다.

"얼른 무럭무럭 자라야 해요~."

힘없는 목소리로 화분의 흙이 축축해질 정도로 물을 주고, 이제나저제나 언제 싹이 나올까 즐거워하며 화분을 바라보고 있었다.

나는 조합 기술 습득을 위해서 그런 테토의 모습을 흐뭇하게 바라보았지만, 주의 깊게 보지 않아서 알아차리는 게 늦고 말았다.

화분의 흙이 항상 풍부한 마력을 받아 온 테토의 몸을 구성하는 흙이라는 것을.

그리고 테토가 매일 화분을 만지며 무의식적으로 화분 속 흙에 마력을 넣고 있었다는 것을.

이 두 가지가 합쳐진 결과——.

"마녀님~, 뭔가 태어났나 봐요."

"태어나? 아아, 비누 식물의 싹이 나왔구나."

내가 테토가 돌본 화분을 확인하는데 줄지어 늘어선 화분 중 두 개의 화분에서 엄청난 것이 태어나 있었다.

"어?! 테토, 그게 뭐야?"

"몰라요! 뭔가 태어났어요!"

화분에서 생겨난, 식물의 집합체 같은 생물과 흙덩이 같은 생물.

크기는 손바닥에 올려도 될 만한 소인(小人)의 모습이지만, 신기한 듯이 우리를 올려다보고 있다.

"뭐야, 왜 그래?"

"테토가 돌본 화분에서 생겨난 것 같아요."

내가 조합사 모험가에게 호소하듯 말하니 그도 테토의 화분을 보고──.

"아아, 저쪽 화분은 비누 식물의 싹이 나왔구나. 근데 그 화분 두 개는 씨앗 발아율이 떨어져서 싹을 틔우지 못했네. 아쉽다."

생글거리며 답해 주는 조합사 모험가를 보고, 의아해하며 '나와 테토만 보이나 봐……'라고 생각한다.

그러다 내가 직전까지 조합 작업으로 눈에 마력을 집중시키고 있었다는 걸 깨닫고, 마력을 의도적으로 끊으니, 화분에서 태어난 존재가 슥 하고 사라져 보이지 않는다.

"아아, 정령 같은 거구나."

이전에 테토가 흡수한 정령의 힘 일부가 작용한 건지, 아니면 이 개척촌 주변의 자연환경이 좋았던 건지 정령이 태어나고 말았다.

내가 다시 눈에 마력을 집중시켜 보니, 아직 자아라는 게 확립되지 않았는지 이쪽을 신기하다는 듯이 거듭 본다.

"마녀님, 이 아이들, 어떻게 해야 할까요?"

"그러게. 화분에서 지내게 하기는 가여우니까 숲속으로 옮겨 주자."

나와 테토는 발아하지 않은 화분을 정리한다는 핑계를 대고 갓 태어난 흙과 식물의 정령을 숲으로 옮긴다.

"제대로 뿌리내릴 수 있게 마력을 나누어 줄게. ──《차지》."

정령들을 부드럽게 어루만지니, 테토처럼 기분 좋다는 듯이 마력의 파동을 받으며 그 땅에 뿌리박는다.

"잘 지내, 건강하고."

"바이, 바이예요."

나와 테토가 갓 태어난 정령들에게 작별 인사를 하자 흙과 식물의 정령이 각자 관장하는 것 속으로 녹듯이 사라져 간다.

"갓 태어난 정령이라도 시간과 함께 성장하면, 주변 자연이 비옥해질지도 몰라."

"그 아이들, 잘 컸으면 좋겠어요!"

"그러게, 그러면 좋겠다. 단, 테토. 함부로 정령을 태어나게 하는 일은 금지야."

"네, 알겠어요."

거듭 신신당부하며 내가 주의를 주자, 시무룩해진 테토의 모습에 쓴웃음을 지으며 개척촌으로 돌아왔다.

여담이지만, 테토의 마력과 흙에 의해 태어난 정령들이 긴긴 세월이 흘러 이 마을의 수호신이 되는 것은 먼 미래의 이야기이다.

그리고 조합 기술을 배우기 시작하고 일주일 후, 정령이 태어나지 않은 화분이 테토의 마력으로 성장이 촉진되어 완전히 성장했을 무렵──.

"하하, 내가 아는 마법 약 레시피를 전부 익혔네."

마른 웃음을 짓는 그가 알고 있던 조합 기술을 겨우 일주일 만에 전부 익히고 말았다.

그 외에도 조합에 실패해서 만들게 된 독약 계열 마법 약을 폐기하는 방법과 포션에 담긴 마력을 빼는 【마력 뽑기】 기술은 다양한 방면으로 응용할 수 있을 듯하다.

실제로 내 상태창에 【조합】 스킬이 새롭게 등록되었다.

"상태창의 직업을 마녀로 바꾼 뒤로 마녀다운 행동에 보정이 들어간 걸지도 모르겠네. 마법이라든가, 조합이라든가……. 그런 느낌으로."

그날 밤, 테토와 단둘이 사는 임시 주택 안에서 작게 말한다.

역시 전생한 몸은 고스펙이었나 보다.

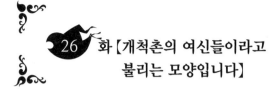  

## 26화 【개척촌의 여신들이라고 불리는 모양입니다】

생각 이상으로 큰일이었지만, 엉망진창이었던 개척 사업을 재정비했다.

그리고 개척촌에서의 생활에 여유가 생겨서 근처 평원이나 산중까지도 나가, 약초와 산나물을 따거나 산토끼와 들새 등을 잡아 찬거리를 늘리고 있다.

개척촌 지원 물자도 와서 식재료도 걱정할 필요가 없어지고, 내일부터는 인원도 충원될 예정이다.

이 개척촌에 와서 3주——, 나와 테토는 밤에는 엿보기 방지 흙벽으로 에워싼 욕탕에 목욕하러 들어와 있다.

결계도 다중으로 쳤기 때문에 바깥에서 욕탕을 엿볼 수 있는 사람은 없다.

"후우, 물이 참 개운했어."

"개운했어요!"

청결 마법 《클린》으로 간단히 씻을 때도 있지만, 역시 물에 몸을 담그면 몸도 따뜻해지고 상쾌하다.

욕조에서 나와, 쏴 불며 지나가는 시원한 밤바람을 느끼면서 테토와 함께 개척촌까지 느긋하게 걸으며 돌아간다.

"다녀왔습니다!"

"그래, 테토 양, 다녀왔어……."

내가 여기에 온 지 얼마 안 됐을 무렵에는 지원 물자 중에서 술을 금지했지만, 개척촌을 열심히 가꾸는 모험가들을 보고 한 사람당 술 한 잔 정도는 허락했다.

지금은 저녁 식사 후에 술 한잔들 하면서 간단한 게임에 열을 올리고 있다.

그리고 대관이 될 예정인 갓슈 씨도 이전에는 신경질적이었던 모험가들을 겁냈지만, 지금은 친하게 지낸다.

"너무 늦게까지 놀지 마."

"저기……. 그 망토, 혹시 치세 양이야?"

"응. 아니면 누구겠어?"

평소에는 모자를 뒤집어써서 얼굴을 가렸지만, 목욕 후에는 머리에 습기가 차므로 모자를 벗었다.

"치세 양은 어린애인 줄 알았는데 예쁘장하게 생겼네."

"주변에 여자가 없다고 나를 꼬시는 건 좀 그렇지 않나?"

"꼬시는 거 아니야!"

신랄한 내 말에, 주변에서 쓴웃음 소리가 들리는데 내내 입을 열지 않고 묵묵하게 가만히 있던 갓슈 씨는 놀라 굳어 버렸다.

"내일은 갓슈 씨가 요청한 추가 인원이 올 테니까 나는 이만 잘게. 그럼, 다들 쉬어."

"안녕히 주무세요!"

우린 그렇게 말하고 임시 기거 중인 집으로 들어가, 남은 마력을 테토에게 주고 결계 마법으로 집 주변에 결계를 친 뒤 잠자리에 든다.

"후, 저렇게 어린 아가씨가 설마 이 개척촌을 재건할 줄이야."

"뭐라고 할까, 여러모로 자신이 없어져요."

"아, 물론 자네도 같이 열심히 해 주고 있지. 나는 아니까 마음 쓰지 마."

"으으, 네."

나는 개척 사업 감독관 갓슈의 등을 때린다.

갓슈의 본가가 자금을 대는 개척 사업에서 감독관으로서 일을 성공시키면 대관 자리에 앉는다라, 이 마을의 촌장이 된다는 뜻이리라.

근데 개척 사업이란 게 마음처럼 진행되지 않았지.

왜냐하면 한 번 망한 마을이니까.

마을 주변에 마물이 예상보다 훨씬 많기도 하고.

안전한 잠자리를 확보하는 것도 어려웠어.

힘밖에 내세울 것 없는 모험가라도 농업과 개척에 관해서는 모르는 사람이 많다.

마법사도 있지만, 이제껏 마물을 쓰러뜨리는 데만 마법을 써온 녀석이기에 개척 작업에 알맞은 마법을 기억 못 한다.

거기다 섞여 있던 불량 모험가가 물자를 횡령했다.

여러 문제가 일어나서 신경이 곤두서 있거나 술을 마셔 회피하며 무기력해지기 시작했었다.

이대로는 개척 사업이 실패할지도 모른다고 생각한 그때, 새로운 지원자가 왔다.

"심하다……."

새로운 지원자, 치세 양이 한 말은 빼도 박도 못할 만큼 정확했다.

하지만 그때는 그런 걸 생각할 정도로 여유가 없었다.

그 후로는 지금은 떠올리기만 해도 웃음이 터지는 일방적인 유린이었다.

잠자리가 없는 것에 화내면서 동료인 테토 양에게 집을 만들라고 시키고──.

지저분하다고 위압하면서, 직접 목욕탕을 만들어 들어가 씻게 하고──.

더러워진 옷들은 전부 합쳐 버리더니 마법으로 한 번에 빨아 버리고──.

남은 식재료로 배가 부르도록 요리를 해 줬다.

그 외에도 다양한 일을 해 주었다.

부서진 우물은 치세 양이 마법으로 깨끗하게 청소하고 테토 양이 땅의 마법으로 수리했다.

벌목한 목재를 보관할 수 있는 곳을 만들기도 하고 우리가 나무뿌리를 뽑은 곳을 마법으로 평탄하게 다져 주기도 했다.

멍청하게 사냥하다 마물에게 다친 상처나 작업하다가 다친 상처를 내버려 두면 낫는다면서 방치한 녀석들도 목욕할 때 옷을 다 벗기 때문에 금방 들켜서 치료를 받았다.

"다치면 말을 해. 그게 내 일이니까. 테토, 내가 만든 포션을 가져와."

"네!"

"어유, 차가워!"

곪아서 따끔따끔하게 아픈 상처 부위를 청결하게 씻었는데 들켜서 치세 양이 차가운 포션을 들이붓는다.

보통은 치료하는 데 은화 두서 닢은 드는 상처지만, 포션 값을 받지 않는다.

"일당에 포함되어 있으니까 필요 없기도 하고 이 포션은 내가 연습용으로 만든 거야. 혹시 내게 은혜를 갚고 싶으면, 본인이나 다른 사람들이 작업 중에 다치지 않게 조심하기나 해. 안 다치면 나도 그만큼 편하니까."

무뚝뚝하게 말하는 치세 양은 매우 완고한 성격인 듯하다.

완고하고 붙임성이 없다. 하지만 걱정을 해 준다.

그러면서도──.

"회복 마법을 쓰고 포션을 만들 수 있다고 해도 무모한 짓을 하면, 어떻게 되나 어디 한번 해 보시든가?"

그렇게 말하면서 협박까지 하니, 무서운 아가씨다.

모자를 깊이 눌러쓴 게 영 수상쩍지만, 이성적으로 우리를 깨우치듯 말하는 게 괜히 더 무섭다.

한 동료 모험가는 이렇게 평가했다.

"──이러쿵저러쿵하면서도 우리를 챙겨 줘서, 꼭 엄마 같아."

아직 열두 살밖에 안 된 소녀에게 모친을 투영하는 건 좀 그렇지 않나 싶다.

하지만 더러워진 우리 옷을 빨래해 주거나 감추고 있던 상처를 보고 한숨을 쉬는 모습, 화낼 때의 위압감이 영락없이 어머니란 존재와 비슷해서, 동료가 말한 엄마 같다는 말을 납득했다.

그렇게 생각하니 어쩐지 신뢰해도 되겠다는 느낌이 들었다.

어릴 때, 어머니에게 볼기짝을 맞으면서 '이거 해라, 저거 해라'라며 잔소리 들은 기억이 떠오른다.

이런 치세 양의 등장에 원래도 자신감이 없던 갓슈는 더욱더 자신감을 잃어 술만 마시면 우는 울보가 되었다.

치세 양은 눈 깜짝할 새에 적당적당히 하던 개척 사업을 마법의 힘을 써 강압적인 느낌으로 형태를 갖추게 했다.

'만약 나라가 궁정 마법사들을 개척 사업에 보내 줬다면……'했던 가정의 실현이 이뤄진 것이나 다름없다.

그래서 한 번은, 휴식 중에 물어본 적이 있다.

"치세 양이라면 이런 성가신 개척 사업은, 후다닥 척척 끝내 버릴 수 있지 않나?"

내 말에 치세 양이 골똘히 생각한다.

'부정하지 않는구나'라며 표정이 굳을 것 같으면서도 대답을 기다린다.

그리고 들려준 대답은——.

"할 수는 있지만, 안 하지."

"왜지?"

"말한 대로 나와 테토 둘이 하면 마을 형태를 갖출 수는 있을 거야. 하지만 거기에 인간으로서의 긍지가 있을까?"

그 말을 듣고 고민한다.

그냥 주어지기만 한 마을에 가치가 있는가?

우리는 모험가니까 위험한 의뢰를 완수해 왔다. 실력과 실력에 따른 등급은 자신이 있다.

하지만 치세 양의 말대로 우리 손으로 만들지 않은 마을을, 지킬 기개가 과연 있을까.

분명 금방 내뺄 것이다.

그리고 다시 머무를 곳이 필요해지면 또 치세 양에게 부탁하겠지.

"그런 마을은, 다시 만들어 달라고 하면 되겠지, 하고 안 지킬 수도."

"그렇지? 그래서 나는 의뢰 범위 내에서만 도울 거고, 받는 보수만큼은 일하겠지만, 다른 이들의 일은 빼앗지 않을 거야. 마을을 개척하면서 맡은 역할이 새로 시작할 마을에서 직업으로 이어질지도 모르고."

"직업?"

"마을에 농부만 필요한 게 아니잖아?"

모자 안쪽에서 치세 양이 아이처럼 즐거운 미소를 지으며 명랑하게 말한다.

──마물을 처치하는 모험가는, 사냥꾼이 되어 자경단을 꾸릴 수 있고.

──개척 작업으로 나무를 베던 사람은 나무꾼, 벤 나무를 숯으로 바꾸는 숯 장인이 될 수도 있고.

──포션을 제조할 수 있는 사람은 이미 있으니 그 사람은 약국을 차리면 되고.

──마법사라면 글자를 읽고 쓸 줄 아니까 선생님을 하면 되고.

──불의 마법을 쓸 줄 안다면 강가의 목욕탕으로 목욕탕을 운영하고.

──술을 좋아한다면 술집을 내고.

──술을 빚으려면 술통이 필요하니까 손재주가 좋은 사람이라면 목공 장인이나 목수를 할 수도 있고.

──성실하여 모두를 이끌 수 있는 사람은 촌장을 맡고.

──마을에 관한 문제 해결 및 사무, 납세 관리, 외부와의 이해 조정은 대관이 한다.

그 내용은 우리에게 개척촌에서의 구체적인 생활을 상상하게 해 주었다.

"내가 사냥꾼이라……."

"너는 술꾼이니까 술 곳간에서 술을 빚어야겠다."

"맛보는 척 몰래 마실 수 있겠어! 그러면 너희는 술의 재료인 밀을 키울 수 있겠네."

"난 옛날에 몸은 약하지만, 조련에 소질이 있다는 말을 들은 적이 있어. 내가 할 수 있는 일이 있을까?"

"그렇다면 가축을 길러도 되고, 양봉업도 괜찮겠는데!"

"리더가 촌장을 맡고, 갓슈 씨는 대관으로써 힘써 주세요!"

개척촌에 들어오기 전까지 다양한 곳을 여행한 모험가가 모여 있으니, 모험가에서 다양한 직업으로의 전직에 대한 화제가 펼쳐진다.

그저 힘들기만 한 개척 사업이었는데 단숨에 시야가 넓어진 느낌이 든다.

"고마워, 치세 양."

"자, 휴식 끝. 저녁 차려 둘 테니, 다치지들 않게 조심해."

그렇게 말하며 입꼬리가 아주 살짝 올라간 치세 양에게서 미래를 상상하는 아이 같은 모습이 사라지고, 근심 많은 성인 여성의 분위기도 느껴진다.

정말이지, 특이한 아가씨.

그리고 밤에는 치세 양이 술 한 잔은 마실 수 있게 풀어 준 덕분에 낙이 돌아왔다.

"그건 그렇고 전부 치세 양 덕분이야."

"그렇지. 망하기 일보 직전이었던 개척 사업을 다시 일으켜 세웠으니까. 우리의 천사야!"

"천사라고 하기에는 붙임성이 너무 없잖아!"

"하긴. 그러면 여신님은 어때! 우리의 손이 닿지 않는 좋은 여자라는 의미에서."

"그거 괜찮은걸! 근데 나이가 좀 어리네. 앞으로 5년 후에 여신님이라고 하자고!"

"크하하하하."

"하하하하하."

"으하하하하."

그런 이야기를 하며 큰소리로 웃는데 치세 양과 테토 양이 밤늦게 목욕하고 돌아온다.

몸이 따끈따끈하게 따뜻해졌는지 기분 좋은 듯 웃는 테토 양과 그 옆에 검은 머리의 이목구비 반듯한 미소녀가 서 있었다.

치세 양의 가늘고 길게 째진 눈이 목욕을 마치고 나와 밤바람을 맞고 기분이 좋은 듯 웃고 있다.

묘하게 어른스러운 열두 살 소녀라고 생각했는데 이제 보니까 커서 미인이 될 게 분명한 미모였다.

앞으로 몇 년만 지나면 아주 매력적인 여자가 되어 주변 사람을 홀리리라.

같이 술잔을 기울이던 갓슈는 일단은 귀족이기에 어여쁜 귀족 영애를 보는 데 익숙할 줄 알았건만 넋이 나갔다.

"그럼, 다들 쉬어."

"안녕히 주무세요!"

그렇게 말하고 자신들의 집으로 들어간다.

"진짜 여신님 같았어."

"우리에게는 행운의 여신님이지."

개척단 남자들이 그런 말들을 하며 치세 양에게 고마운 마음을 표한다.

훗날, 개척촌은 근처 숲에서 채취한 목재를 가공하는 목공 특산지가 되며 어떤 물건을 팔기 시작했다.

"이건, 개척할 당시에 이곳을 찾은 개척촌 여신님의 옆얼굴이야."

목판에 소녀의 옆얼굴이, 뒤에는 소녀가 개척 당시에 한 소중한 말이 새겨진 목각품이 행운의 부적으로 팔려 수많은 개척자 사이에 널리 퍼졌다.

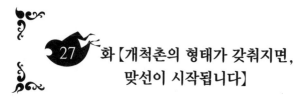

## 27화 [개척촌의 형태가 갖춰지면, 맞선이 시작됩니다]

이 세계에는 마력과 레벨이 존재한다.

싸울 수 있는 사람이 그 힘을 개척 사업에 쓰면, 현대에서도 깜짝 놀랄 인간 중장비와 같은 성과를 올린다.

반대로 인간이 손을 뗀 폐촌은 마물에게 짓밟히고 마력에 의해 번식력이 강해진 식물들이 급속하게 침식해 간다.

그렇기에 인간이 손을 뗀 마을의 땅은 긴 시간을 버티지 못하고 썩어서 묻히고 마는 것이다.

이러한 세계에서, 마력으로 보호한 건물들은 수백 년, 수천 년이 흘러도 각 지역에 유적의 형태로 남아 있다고 한다.

"그래? 그런 유적도 있구나."

"치세 양도 아무리 어른스러워도 아직 어리긴 하네. 이런 이야기에 흥미를 보이는 걸 보니!"

"이런 이야기라니. 나는 가 본 적이 없으니까, 흥미가 생기는 거라고."

내가 곧바로 그렇게 대답하자 본인들의 모험담을 들려주던 모험가가 살짝 수줍어한다.

"뭐, 모르는 사람은 흥미가 생길 수도 있지. 근데 대부분은 보석은 이미 털어 가서 없고 비밀의 방 같은 것도 없어. 관리가 되

마력 치트인 마녀가 되었습니다~창조 마법으로 자유로운 이세계 생활~ 1

지 않아서 마물이 점령한, 그냥 건물이야."

모험가가 자조하듯 웃는다. 부와 명성을 바라는 자에게는 별 볼 일 없겠지.

하지만 나는 그렇게 생각하지 않는다.

"근사한 이야기를 들려줘서 고마워. 언젠가 테토와 함께 가 볼게."

"마녀님과 함께 갈래요!"

그렇게 말하며 옆에서 꼬치구이를 먹던 테토가 손을 번쩍 든다.

그런 우리를 개척단 모험가들이 눈부시다는 듯 본다.

"그러면 조만간…… 떠나겠구나."

"응, 마을로서 형태가 갖춰지면, 다시 여행을 계속해야지."

내 덕분인지, 개척촌은 예정보다도 크게 단축돼 형태가 많이 정돈되었다.

게다가 예정 단축으로 뜬 예산으로 추가 인원이 투입되어 가사 전반의 부담도 줄었다.

그래서 갓슈 씨와 함께 벌써부터 마을의 특산으로 내세울 만한 것을 생각하거나 충원된 여성들과 함께 식사를 차리거나 하면서 매일매일 즐겁게 보내고 있었다.

"치세 씨, 테토 씨. 그 마법의 힘을 개척촌에 좀 써 주세요."

"뭐? 싫은데……."

"만약 그렇게 해 주신다면, 의뢰 보수를 더 드릴게요! 개척단 남자들과 똑같이 은화 두 닢은 어떠십니까!"

"그렇다면야, 좋아."

나는 노동력을 값싸게 팔지 않는다.

그리하여 마법사로서 밭을 일구고, 도로를 정비하고, 하천 범람 대책을 세우며 일한 날만 보수를 더 받기로 했다.

그 결과, 개척촌은 보통은 몇 년은 들여서 밭에 댈 흙을 만들어야 하지만, 마법으로 조정했기 때문에 금방 농작이 가능한 상태가 되었다.

그리고 작은 마을에서 개척촌까지 오는 길의 반절은 작은 마을 쪽에서 정비하고 있지만, 나머지 반은 바퀴 자국이 눈에 띄는 논두렁길이다.

이것도 땅의 마법으로 반반하고 고르게 다져서 말의 다리에도 부담이 덜 가고 작은 마을까지 이동하는 데 걸리는 일수가 사흘에서 이틀로 짧아졌다.

"이제 저쪽에서 이주자를 받기도 쉽고 고향에 돌아가는 것도 편해지겠어요."

"그래. 잘됐네."

이런 식으로 갓슈 씨도 뭔가 심적 부담을 덜고 우리를 능숙하게 부리고 있다.

실제로 나라의 궁정 마술사나 상급 모험가의 마법사를 고용하면, 일당만 은화 다섯 닢 이상이 든다.

하지만 우수한 마법사를 한 명 고용해도 개척 작업이 반드시 큰 폭으로 단축된다는 보장이 있는 게 아닌 데다 마법사에게 마력 소진이 올 수도 있다.

그렇기에 여러 명을 세트로 돌리고 거기에 그런 귀중한 인재

마력 치트인 마녀가 되었습니다~창조 마법으로 자유로운 이세계 생활~ 1

를 호위하는 사람과 파티를 맺은 모험가들에게 줄 일당, 마력 소진에 대비한 마나 포션 지급 등을 고려하면 운용비만 하루에 소금화 두서 닢부터 시작한다.

그렇다면 같은 금액으로 노동자를 많이 고용해 작업시키는 편이 저렴하다.

그런 개척 사업에서 나와 테토는 D등급 모험가 마법사로서 적정 가격으로 일한다.

마력이 커서 마나 포션도 필요 없다. 휴식 시간에 명상으로 마력을 회복한다.

시련을 극복하고 더 굳세진 갓슈 씨의 지시를 수행하며 마법을 실컷 쓸 수 있어서 좋은 기분 전환이 된다.

그리고 드디어 대망의 그날이 왔다.

"개척촌에 오신 걸 환영합니다. 이주 희망자이시군요."

남자 모험가들이, 이 의뢰를 마친 뒤에도 개척촌에서 살아갈 수 있게 여성과 기술자가 많이 개척촌으로 이주해 오기 시작하는데, 그때 제1탄 여성 방문 맞선 파티가 열린다.

남자 모험가들은 20대 후반에서 30대 초반이 많다.

그에 비해 모집으로 모인 여성들은 주변 마을들에서 집안 살림에 쫓겨 결혼하지 못하고 적령기를 넘긴 여성이나 과부가 많다.

살림을 하다 왔으므로 가사 전반은 불안하지 않다.

무엇보다 모험가였던 남자의 아내가 되는 것을 받아들여 준 귀한 사람들이다.

갓슈 씨가 주변을 설득하는 데 고생했다고 한다.

"다들 행복해졌으면 해서요."

이번 개척 사업으로 친해진 모험가들의 행복을 바라서 한 일이다.

그리고 갓슈 씨는 어떻게 됐냐면──.

"잘 부탁합니다. 마리라고 해요."

"자, 자, 잘 부탁드리겠습니다!"

오토시에서 가게를 경영 중인 상인 가문의 여식, 마리 씨와 약혼하게 되었다.

가스파 백작가의 칠남과 이 개척 사업을 원조해 준 상인 가문의 정략결혼.

백작가로서는 갓슈 씨에게 개척촌 조성을 일임해, 개척촌의 대관으로서 남작 지위를 부여함으로써 가스파 백작령의 세수(稅收)를 올리는 것과 동시에 귀족 가문을 늘리려는 목적이 있다.

상인 가문은 가스파 백작가의 일원인 귀족과의 연을 맺음으로써 새로운 판로 확보.

그런 느낌의 정략결혼이지만, 갓슈 씨와 마리 씨는 성격이 잘 맞는 모양이다.

이번 맞선을 통해서 개척촌에서는 차례차례 커플이 생기고 마을로서의 형태도 갖춰 나가고 있다.

농업을 시작할 사전 작업을 마쳤으므로 농업 지도자에게서 지금 시기에 맞는 작물을 받아 심고, 각자 살 집을 짓는다. 그리고 당분간은 마물 토벌 사냥을 중심으로 돈을 벌어 마리 씨의 본가로부터 식료품과 기호품을 구매할 예정이다.

개척촌 사람들에게서 미래의 모습이 보이기 시작했다.

그런데 개척촌이 안정되고 마을 사람들이 웃으며 생활하는 그 속에, 내가 있는 모습을 상상할 수가 없었다.

"때가 된 것 같네."

"네?"

"이제 나와 테토는 필요 없을 것 같아서."

그러니 이제 그만 의뢰를 완료해도 되지 않느냐고 갓슈 씨를 쳐다본다.

"……그러, 네요. 이제까지의 임무 태도를 고려해서 보수를 계산해, 의뢰 달성서를 써 드리겠습니다."

"고마워."

이 뒤는 이 마을에 남는 사람들이 할 일이다.

나는 테토를 데리고 마을 외곽의 평원까지 이동한다.

풀로 덮인 평원에 작은 꽃이 피어 있다.

여기서 염소와 양을 방목해도 좋고, 꽃씨를 뿌리거나 양봉을 해도 좋겠다며 얘기한 기억이 생생하다.

그것 말고도 평원에는 마법 약 소재 몇 가지와 우리가 심은 비누 식물이 자라고 있다.

"있죠, 마녀님~?"

"응? 테토, 왜?"

"마녀님은, 이 마을에 남고 싶은 생각 없어요?"

"응?"

나는 고민하다가, 말한다.

"다릴 마을에서 책을 산 걸 기억해?"

"네."

마법서와 마법, 마력에 관한 책이다.

그 책에, 한 글귀가 쓰여 있었다.

"——'마력이 풍부한 사람은 신체의 전성기가 길어, 장수하는 경향이 있다'라더라고."

개척촌에 있던 마법사 모험가이자 가장 마력이 큰 사람은 총 5,000마력으로 나와 같다.

그 사람은 실제 나이가 마흔인데도 겉으로는 30대 초반으로 젊어 보인다.

거기다 【신체 강화】를 쓸 줄 아는 모험가도 대체로 젊고, 마법사와 마법이 특기인 장수 종족인 엘프 등이 오래 살고 명이 길다는 것은 유명하다.

"지금 내 마력량은 5,000을 넘었고 앞으로도 점차 더 늘릴 생각이야."

【신기한 나무 열매】를 한 달 내내 먹으면, 500~1,000 정도의 마력이 붙는다.

처음에는 증가 폭이 작았으나 마력이 커질수록 증가 폭 또한 커지기 시작했다.

"그렇게 되면 점점 늙는 게 느려질 테고, 수명이 늘어날 거야. 내가 이 마을에 정착해도 모습이 변하지 않는다면……. 좀 쓸쓸할 것 같아."

【신기한 나무 열매】를 계속 먹으면 내가 【창조 마법】으로 만들

어 낼 수 있는 물건의 범위도 커지고 나를 더 강력하게 만들 것 이다.

하지만 그 대가로 보통 사람과는 다른 시간을 걷게 되는 듯하다.

"음? 테토는, 마녀님이 있으면 쓸쓸하지 않아요. 근데 마녀님 은 쓸쓸하다고 생각해요?"

테토에게 세계는 자신과 나, 그 외의 일체로 인식해서 아직 이 해가 안 되는 모양이지만, 테토 말대로 테토가 있으면 쓸쓸하지 않으리라.

테토의 솔직한 마음에 쓴웃음을 지은 나는 그대로 평원에 드 러누워서 테토의 허벅지에 머리를 얹는다.

"……지금 좀 감상적인가 봐. 응석 부리게 해 줘."

"네!"

모험가들은 마을에서 맞선을 보고 나는 테토와 평원에서 느긋 하게 보낸다.

이윽고 날이 저물고, 개척촌이 마음에 든 사람은 이대로 여기 에 남아 살면서 조금씩 마을을 돌볼 것이다.

"이제, 돌아갈까?"

만약 마력이 커지고 수명이 는다면, 보통 사람들과 오래는 함 께하지 못할지도 모른다.

그래도 여행을 계속하다가 10년 후나 20년 후에 다시 이 마을 에 돌아와 발전한 모습을 보는 것도 즐거울지도 모른다며 좋게 생각하기로 했다.

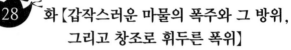

## 28화【갑작스러운 마물의 폭주와 그 방위, 그리고 창조로 휘두른 폭위】

맞선 파티는 성공적으로 끝난 듯하다.

몇몇 커플인가가 탄생하고 또 커플은 아니지만, 개척촌으로 이주하고 싶다는 사람도 있었다.

시간을 들여 천천히 서로를 알아 가다가 장래에는 새로운 가정을 꾸리겠지.

그런 생각을 하면서 나와 테토는 집에서 잤는데 격렬한 진동을 느끼고 반사적으로 벌떡 몸을 일으켰다.

"테토! 뭔가 오고 있어! 곧바로 대비해!"

"네!"

한 손에 지팡이를 들고 벌떡 일어난 나와, 그 뒤를 따르는 테토.

그리고 다른 모험가들도 개척 사업 이후에 모험가를 은퇴할 예정이라고는 해도 모험가로서의 감은 무뎌지지 않은 모양인지 각자의 집에서 잽싸게 튀어나온다.

"치세 씨! 대체 무슨 일인가요!"

밤늦게까지 사무를 봤는지 깨어 있던 갓슈 씨가 가장 먼저 내게 물으러 왔지만, 나는 고개를 가로저었다.

"모르겠어. 다들 비전투원을 피신시켜!"

"알겠습니다! 그러면 식료 저장고 지하실로 데려가겠습니다!"

"부탁해! ──《플라이》!"

나는 갓슈 씨와 모험가들에게 피난 유도를 부탁하고, 비행 마법으로 높이 날아올라 숲 쪽을 응시한다.

눈에 마력을 집중해 밤이 내린 숲을 내다보는데, 숲속에서 수상쩍은 무수한 빛을 발견했다.

"저건, 마물이잖아……. 저대로 쳐들어오면, 열심히 공들여 가꾼 마을이……."

지상을 달리는 마물의 모습을 보아하니 시간이 별로 없다.

"테토! 당장 마을을 두르는 방벽을 쌓아!"

"네!"

테토가 내 지시에 마을과 숲의 경계에 있는 흙을 조종하여 높이 5m 정도로 압축한 흙벽을 쌓아 올린다.

작은 개척촌 하나를 빙 에워싸는 엄청난 마법에 모험가와 피난 중인 이주 희망자들이 놀란다.

그런 와중, 나와 테토는 높은 흙벽 위에 올라, 북쪽에서 접근하는 마물들과 대치한다.

"간다. ──《윈드 커터》!"

숲에서 나타난 마물을 향해 무수한 바람 날을 날려 마물들의 몸통을 잘게 썬다.

30개가 넘는 마법이 마물들을 한꺼번에 제거하는데 그 틈을 메우듯 나타난 마물들이 마을을 둘러싼 벽으로 돌진한다.

"자, 갑니다!"

벽 위에서 뛰어내린 테토가 바싹 다가온 마물들을 차례로 검으로 베어 쓰러뜨린다.

테토의 마력을 받은 검은 마검이 마물을 거뜬히 베어 가른다.

몸에 들러붙은 마물도 테토의【신체 강화】방어로 막히고, 테토는 완력으로 간단히 휘둘러 내친다.

"치세 양, 테토 양! 우리도 도울게!"

"테토 양, 너무 앞으로 나갔어! 돌아와!"

모험가들도 비전투원을 식료 저장고의 지하로 피신시키고 왔는지 조금씩 모여든다.

그런 그들이 테토를 걱정해 소리치지만, 아랑곳하지도 않고 기뻐하며 즐겁게 마물들을 베고 피를 뒤집어쓴다.

"테토는 괜찮아. 내키는 대로 하게 둬."

"그래, 알았어. 저쪽에 뛰어들 용기는 없어."

마물의 공격력은 D등급이나 E등급의 하위 마물일 것이다.

그런 마물이 숲에서 끝도 없이 나타나 테토를 두려워하지도 않고 계속해서 공격해 온다.

오히려 마을의 벽을 따라 달리는 모습은 마치 무언가로부터 도망쳐 오는 것처럼도 보인다.

"그러면 벽 위에서 마물의 침입을 막아 줘. 잘못해서 벽 바깥으로 떨어지면 안 돼."

"알겠어. 이 정도 마물이라면 5분은 버틸 수 있어!"

그 정도 시간이 있으면 자력으로 도약해 벽을 타고 탈출할 수 있다고 한다.

개척촌에 자리를 잡으려고는 했다지만, 역시 C등급 정도 되는 베테랑 모험가들이다.

"그럼, 나는, 숲속으로 가 볼게."

"이봐, 혼자 가려고?!"

개척단의 모험가들을 끌고 온 리더가 숲으로 가려는 나를 저지하려 한다.

하지만 나는, 그의 저지에 고개를 가로젓는다.

"원인을 제거하지 않으면 점차 우리가 불리해질 수도 있어. 그리고 나는, 하늘을 날아서 동태를 살피러 갈 건데, 따라올 수 있는 사람은 있고?"

그렇게 말하니 모험가들이 입을 다문다.

비행 마법 같은 고도의 마법을 보고 다들 조용해진다.

"다녀올게. 테토, 모두를 지켜 줘!"

"네!"

마검을 휘두르며 나를 향해 생긋 웃는 테토.

나는 그런 테토를 보고 끈적한 피를 흠뻑 뒤집어썼으니, 마물을 처리하고 나면 목욕하라고 해야겠다고 생각한다.

그리고 혼자, 어두운 숲을 향해 날아가다가 숲의 나무들이 쓰러져 산중에 구멍이 뻥 뚫린 게 보였다.

"저게 뭐지? ──《라이트》!"

구멍 상공에 서서 밝게 보기 위해 빛의 마법을 쏘아 올린다.

그리하여 마침내 숲속에 뚫린 큰 구멍 안쪽이 드러났다.

"마물이군. 저건, 용인가?"

느릿느릿하게 모습을 드러낸 청색 몸통의 생물은, 긴 뱀처럼 목을 쳐들고 미처 도망치지 못한 마물을 통째로 꿀꺽 삼키고 있었다.

심지어 용의 머리는 한 개가 아니라 네 개였으며, 그 네 쌍의 눈이 불을 쏘아 올린 나를 담고 있었다.

"다두룡――, 휴드라인가?"

다릴 마을의 마물 도감에서 본 바로는 휴드라는 재생 능력이 강해서 머리가 많을수록 성가시다고 했다.

머리가 세 개면 C등급에서 B등급, 네 개면 B등급에 필적하리라.

"머리 세 개의 C등급이었다면 개척촌의 모험가들이 다 같이 공격하면 쓰러뜨릴 수 있다. 머리가 네 개여도 희생을 감수하면 쓰러뜨릴 수 있을지도 모른다. 하지만――."

이 한 달 가까이, 함께 생활해 온 동료가 희생될지도 모른다.

그런 생각이 뇌리를 스치고 한순간 생각에 잠긴 틈을 타 사두(四頭) 휴드라가 나를 통째로 삼키려고 목을 길게 뽑아 노린다.

"쳇! ――《윈드 커터》!"

공격해 오는 휴드라의 머리를 피해 재빨리 빠져나가면서 머리와 목에 바람 날을 날린다.

오거와 대치했을 때, 얇은 가죽 한 장만큼만 찢어 반성했던 걸 기억하며 마력을 많이 담았는데도 피부 아래 수 센티 정도밖에 못 베었다.

"키야아아아아아아악!"

"키야아아아아아아악!"

"키야아아아아아아악!"

강력한 마물이라는 평가에 알맞게 【신체 강화】에 의해 피부가 단단한 데다 휴드라의 특성상 벤 부위가 거품이 일며 금세 상처가 재생된다.

"성가시네. 하지만 몸의 강도는 오거와 같은 것 같은데? 그렇다면 이거로 끝장내 주마! ——《하드 숏》!"

나는 마법 가방에서 【마정석】 네 개를 꺼내 오거를 쓰러뜨렸을 때와 마찬가지로 경화한 【마정석】을 쏜다.

딱딱한 결정체가 휴드라의 머리 네 개에 박혔다가 꿰뚫으면서 머리가 땅에 떨어진다.

"후, 토벌 완료…… 아니네."

휴드라의 머리가 떨어져 땅을 울리지만, 상처에서 거품이 일면서 재생한 뒤에 다시 일어선다.

"보통은, 뇌가 파괴되면 죽는데……. 아아, 뇌가 하나라도 있으면 재생하는 건가."

쓰러진 휴드라의 목이 붙어 있는 부분에 숨은 듯이 아직 작은 다섯 번째 머리가 자라나 있었다.

"이번에는 놓치지 않겠어!"

다시 자라난 휴드라의 목 다섯 개를 한꺼번에 파괴하기 위해 【마정석】을 날린다.

그러나 휴드라의 다섯 번째 머리가 내 공격을 학습했는지 가장 큰 머리가 방패막이 되어 【마정석】을 전부 맞는다.

그리고 토막토막 난 머리가 또다시 휴드라의 재생력으로 낫고 있다.

"정말이지, 공략하기 참 어렵네! 머리 다섯 개를 동시에 파괴해야 한다니——. 어이쿠!"

"키야아아아아아아아악!"

"키야아아아아아아아악!"

"키야아아아아아아아악!"

휴드라가 맹렬한 물줄기 숨을 내뿜어 재빨리 피한다.

만약 불꽃이나 독이 있는 숨이었다면, 산불이 나거나 숲이 오염됐을지도 모른다.

휴드라의 공격이 세찬 물줄기였던 건, 불행 중 다행이었다.

하지만 물줄기 숨을 몇 번이나 땅에 쏘아 대면 숲이 망가지고 말 것이다.

"혼자서 휴드라를 쓰러뜨려야 해…… 어쩌지. 어떻게 쓰러뜨리지!"

다행히도 휴드라 본체는 둔해서 도망치는 것 자체는 쉽지만, 내게는 휴드라의 다섯 번째 머리까지 동시에 파괴할 위력을 가진 공격 수단이 없다.

"없으면 만들면 그만이야! 자, 해보자고!"

나는 비행 마법으로 휴드라의 몸통 거의 꼭대기까지 높이 올라간다.

휴드라가 목 다섯 개를 아무리 빼고 늘여도 닿지 않는 높이.

거기서 마법 가방에 보관해 둔【마정석】을 대량으로 꺼낸다.

내 마력을 끌어올릴 수단으로 꺼낸【마정석】에서 마력을 끌어낸다.

마력 치트인 마녀가 되었습니다~창조 마법으로 자유로운 이세계 생활~ 1

방대한 마력이 내게 모이고 그 부하로 인해 【마정석】이 차례로 깨진다.

"1,000마력이 저장되어 있던 【마정석】이 백 개! 합쳐서 10만 마력짜리 【창조 마법】이다! ──《크리에이션》 단두대!"

10만 마력으로 휴드라의 몸통을 두 동강 내기 위한 거대한 처형의 칼날이 생겨나 공중에 떠다닌다.

"떨어져라!"

마지막으로 내 남은 마력으로 낙하지점으로 유도했고 거기에 어둠의 마법이 가중되어 위력을 더해 곤두박질친다.

"키야아아아아아아악!"

"키야아아아아아아악!"

"키야아아아아아아악!"

머리 위를 올려다보며 피하려고 육중한 몸을 질질 끌다시피 해서 움직이는 휴드라지만, 바로 위에서 낙하하는 단두대 칼날이 몸통과 머리가 이어진 부분에 떨어진다.

거대한 질량의 낙하 충격을 고스란히 받은 휴드라의 몸통이 쩍 갈라지고 목만이 땅을 기면서 여기저기 도망쳐 다닌다.

"아직도 살아 있어? 끈질기기는. 그런데 마력이 눈에 띄게 줄었네?"

추측이지만, 휴드라의 머리가 재생을 담당하고 그 재생력을 받쳐 주는 것이 몸통의 마석에서 공급되는 마력이리라.

목과 몸통 간에 마석을 통한 연결이 끊어지니, 더는 재생하지 못하고 공황 상태에 빠진 머리들이 각각 기면서 도망치려고 한다.

하지만 근원인 몸통의 살 일부에 목끼리 연결된 데다 머리들이 서로 맞당겨서 도망치지 못한다.

"자, 마력도 얼마 남지 않았으니 후딱 처리하자."

처형 날을 창조할 때 거의 【마정석】에 저장한 마력을 공급해 만들었지만, 내 마력도 쓰고 있다.

남은 마력이 얼마 남지 않은 와중, 나는 마법 가방에서 직접 제조한 마나 포션을 꿀꺽 마셔서 마력을 회복한다.

"창조로 만든 것보다 회복량이 크네. 역시 【창조 마법】으로 만든 건 비효율적이야."

한 병으로 500마력 정도를 회복하는 포션이다.

보통 마법사라면 충분할 테지만, 내게는 1할 정도 회복하는 거라 만족스럽지 않다.

그래도 급속한 마력 감소를 완화하니 정신적으로 진정된다.

그리고 내 몸만큼 큰 휴드라의 머리를 어떻게 파괴하면 좋을지 고민한다.

"일단, 여분으로 남긴 【마정석】이 있으니까, ──《하드 슛》!"

이번에야말로 도망치지 못하는 휴드라의 머리에 경화한 【마정석】을 고속으로 발사해서 머리를 완전히 박살 내 조용히 시킨다.

"후, 끝났다……."

너무 피곤하다.

머리 다섯 개 휴드라는 A등급. 아니, 발달 미숙 상태였으니 A-려나.

휴드라와의 목숨을 건 대결, 마력 대량 소비, 대규모 【창조 마

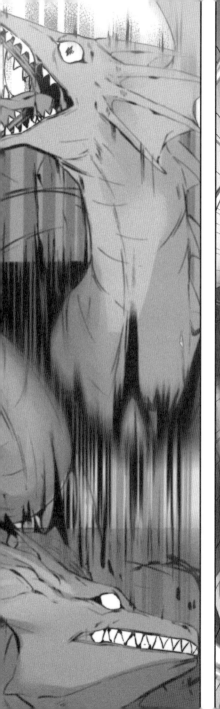

법】발동으로 인한 정신적인 소모에 극심한 피로가 몰려든다.

"여기에 결계를 치고, 잠시만, 쉬⋯⋯자."

휴드라의 피 냄새가 진동하는 이곳에서 마나 포션을 두 병째 마시면서 근처 나무에 등을 기댄다.

그리고 내 몸을 지킬 결계를 치기도 전에 기절하듯 의식이 멀어졌다.

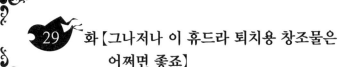 

## 29화【그나저나 이 휴드라 퇴치용 창조물은 어쩌면 좋죠】

"⋯⋯음, 여긴 어디지?"

어스레한 장소에서 눈을 뜬 나는, 자연스럽게 빛의 마법을 써서 불을 켠다.

주변을 밝히니 보인 건, 담쟁이덩굴 식물과 흙이 합쳐진 듯한 벽으로 둘러싸인 곳이었다.

"분명 휴드라를 쓰러뜨리고 그대로 결계를 칠 새도 없이 기절했었지."

납치당한 줄 알고 몸을 살짝 움직여 보는데 등에는 쉬려고 기댔던 나무의 줄기가 그대로 있었다.

어디로 벗어나지는 않은 듯하다.

"뭐지? 아⋯⋯."

이상하게 여기며 식물과 흙의 벽에 손을 대니, 벽이 천천히 무너져 사라진다.

밤의 차가운 공기가 흘러들어와 반사적으로 추위를 막듯이 망토를 걸친 몸을 움츠린다.

그리고 무너져 내린 벽의 바깥쪽이 드러난다.

휴드라의 피 냄새가 진동한다.

어제의 광란으로 주위 마물들이 도망친 모양인지 주변이 매우

고요했다.

그런 와중, 내 앞에 모습을 드러낸 존재가 있었다.

"너희는…… 화분에서 태어난 정령들 맞지?"

무너져 내린 식물과 흙벽 속에서 빼꼼히 모습을 드러낸 건 식물의 집합체와 흙덩이 같은 소인 정령이었다.

그리고 깨닫는다.

"너희가, 나를 지켜 줬구나. 고마워."

식물과 흙의 정령이 무방비하게 정신을 놓은 나를 추위와 외부의 적으로부터 지키려고 벽으로 에워싸고 있었던 모양이다.

내가 고맙다고 인사하니 두 정령이 수줍다는 듯이 몸을 배배 꼬았다가 갑자기 녹듯이 각자 관장하는 자연물 속으로 사라진다.

그런 정령들을 보고 미소를 지으며 밤하늘을 올려다본다.

얼마나 기절해 있었는지는 모르겠지만, 한숨 잔 덕에 기력도 마력도 나름대로 회복한 것 같다.

"마력은 7할 정도 회복했군. 그건 그렇고…… 너무 과했어."

앞뒤 생각 안 하고 휴드라 퇴치용 단두대를 창조해 버린 탓에 후처리를 어떻게 하면 좋을지 고민한다.

휴드라의 몸통 양 측면 사이의 길이가 20m쯤 됐는데 단두대는 그걸 거뜬히 넘는 30m다.

게다가 지면 깊숙이 내리꽂혀서 정확한 길이는 알 수 없지만, 눈에 보이는 범위에서는 높이가 15m는 되는 것 같다.

"100m 정도 되는 거인이 손도끼를 들고 나타나서 휴드라를 죽였다고 거짓말하면 믿어 줄까? 아니, 그건 힘들겠지……."

"하아."

한숨을 한 번 쉬고 휴드라의 피를 흠뻑 뒤집어쓴 단두대를 확인한다.

"뭐, 창조로 만들어 낸 건 어디까지나 일반 철제 단두대니까 해체하면 어떻게든 숨길 수 있지 않겠어?"

높은 곳에서 떨어뜨려 질량 병기로 활용했지만, 실제로는 마력이 전혀 통하지 않은, 그냥 보통 금속이다.

"──《윈드 커터》!"

우선 휴드라를 쓰러뜨린 방법은 초거대 단두대로 내리찍었다고 하기보다는 전사일지라도 다루기 힘들었을 쇳덩이를 염력으로 띄워서 들이받았다고 하는 편이 신빙성이 높을 것이다.

《윈드 커터》로 되도록 대검 크기로 잘라 내고, 잘라 내고 남은 끄트러기와 땅에 박혀 파내는 것도 큰일인 단두대 부위는 땅과 어둠의 혼성 마법인 【부식】을 써서 자연으로 돌려보냈다.

녹슨 철 냄새와 휴드라의 피 냄새가 섞여 눈치 못 챌 것이다.

"살상 방법은 위장할 수 있어도, 휴드라의 존재는 역시 은폐할 수 없겠지……."

이 사체를 없앤다고 해도 대량의 핏자국이 남아 있으면 수상하게 여길 것이다.

"하는 수 없지. 단두대로 내려쳐 갈라 버린 걸 알 수 없게끔 사체를 살짝 조작하자."

거대 단두대에서 떼어 낸 철판을 어둠의 마법 《사이코키네시스》로 조종해 휴드라의 목 밑동과 이어지는 살을 썰어 하나씩 떼어놓는다.

그리고 몸통의 단면을, 공격 수단이 들키지 않게 불의 마법으로 태운다.

또 휴드라가 머리 다섯 개였다는 걸 알면 소란스러워질 테니 가장 작은 다섯 번째 목을 마법 가방에 넣고 머리 네 개인 휴드라였다고 말하면, B등급 마물로 알 것이다······. 아마도.

"후, 사체 처리 하는 것도 지치고 냄새도 거슬리네······. 목욕하고 싶다."

내가 그렇게 중얼거리는데 마력에 의해 강화된 청력이 사람 발소리를 들었다.

"마을 쪽은 다 정리가 됐나?"

"마녀님~, 마녀님~."

"뭐야, 테토?!"

"마녀님~, 왜 이렇게 안 와요오오오!"

"잠깐, 테토, 그 상태로는 안지 마. 떨어져!"

밤새 마물을 베어 죽였는지 튄 피가 완전히 굳어서 검붉어지고 군데군데 오장육부의 내용물까지 뒤집어쓰고 있다.

아무리 테토라도 저런 상태로 달라붙으면 싫기에 《클린》 마법을 걸어 보지만, 심하게 지저분해서 한 번으로는 깨끗해지지 않는다.

그런 테토의 뒤로 개척단 모험가들도 따라오다가, 휴드라의 사체를 보고 즉시 검을 잡고 자세를 잡는다.

"이건, 휴드라인가!"

"괜찮아. 확실히 처리했으니까."

"뭐?! 그래? 대체 이렇게 큰 휴드라를 어떻게 쓰러뜨렸어?"

당연히 물어볼 줄 알았기에 미리 생각해 둔 그럴싸한 설명을 했다.

"눈뜬 지 얼마 안 돼서 나를 경계하지 않길래 근처에 굴러다니는 무딘 대검을 목에 꽂아 넣어 땅에 박아 두고, 밤새 천천히 목과 몸통의 경계를 태웠어. 휴드라 그런지 재생력이 강해서 엄청나게 피곤해."

"잠깐, 치세 양의 체격으로는 이렇게 무거워 보이는 검은 못 들······. 으악!"

한 모험가가 실제로 거대 단두대를 분할해 만든 철판 바스타드 소드를 들어 봤다가 넘어질 뻔하는데, 그 무거운 검이 가볍게 공중에 뜬다.

"어둠의 마법 《사이코키네시스》를 썼지. 이 검을 머리 위에서 가속해서 머리를 싹둑 했어."

그 후는 재생하는 휴드라와 대치하며 재생하지 않을 때까지 천천히 불로 태운 걸 설명한다.

모험가들은 여러모로 궁금해하는 듯했지만, 그냥 대충 그렇게 된 거라고 밀어붙일 생각이다.

"여러모로 하고 싶은 말이 많을 거야. 하지만 꼬치꼬치 캐묻는 건 안 돼."

"분명 다른 방법으로 쓰러뜨렸겠지. 모험가는 비장의 수를 숨기는 법이니까. 그리고 우리가 가꾼 마을을 지켜 준 것도 고마워. 하지만 머리 네 개 달린 휴드라를 혼자서 토벌한 건 솔직히 좀 무섭네."

'이게 일반적인 감각이겠지'라며 납득은 하지만, 그와 동시에 무섭다고 느꼈다는 것에 씁쓸하다.

"그렇지. 휴드라를 죽인 공격력이 개척촌의 우리에게 향하지 않아서 다행이야!"

"맞아. 휴드라도 처리하는 치세 양에게 물리적? 아니, 마법으로 벌이라도 받으면 아무래도 무섭지!"

"평소에 말로 지시를 내려 줘서 다행이야."

개척단 모험가들이 농담하며 웃는 걸 보고 나도 휩쓸려 쓴웃음을 짓는다.

무섭다고 한 말의 의미는, 단순히 공포라기보다는 경외의 의미였으리라.

그걸 깨닫고 살짝 마음이 놓인다.

근데 테토만은 멍하니 조용히 내 몸에 달라붙어 있다.

"그럼, 마을을 구한 마녀인 내게 모두가 보답해야겠지?"

히죽, 의식해서 짓궂게 웃어 보이니 모험가들이 흠칫한다.

"해, 해야지…… 듣고 보니, 치세 양과 테토 양이 힘써 주지 않았으면 정말 위험했을지도 몰라. 마을 주변에 벽을 세운 것도 그렇고……."

시선 처리에 애먹는 개척단 리더에게 내 요구를 말한다.

"나는 이렇게 큰 휴드라를 가지고 돌아갈 기술도 없거니와 해체할 도구도 없으니, 여러분께 전부 넘길게. 그 대신에 휴드라의 마석만 받겠어. 남은 건 마을에서 알아서 해도 좋아."

마력 치트인 마녀가 되었습니다 ~창조 마법으로 자유로운 이세계 생활~ 1

"정말 그래도 되겠어? 토벌했다는 증명이 되는 부위인 휴드라의 머리 정도라면 마법 가방에 넣고 옮길 수 있지 않아?"

"옮긴다고 해도 제가 토벌했습니다, 하고 길드로 가져가면 어떻게 되겠어?"

내가 그렇게 말하니 내 몸을 머리끝부터 발끝까지 훑은 모험가들이 고개를 끄덕인다.

"그야, 아무리 치세 양이 D등급 모험가라고 해도 치세 양 같은 어린애가 토벌했을 리 없다고 생각하겠지."

"애초에 D등급 모험가가 혼자서 B등급 마물을 쓰러뜨린 걸 수상쩍게 여길 거야."

"그렇지? 그러니까 가장 가치 있는 마석만 받고, 그 뒤는 내 알 바 아니란 뜻. 적당한 곳에 팔아서 돈으로 받을 거야. 그쪽에서도 대충 지나가던 모험가가 쓰러뜨렸다든지 자연사해서 해체했다든지 말하며 팔아 치워."

"하지만 다른 이의 성과를 가로채는 건 내키지 않아."

'하아, 고지식하기는.'

하지만 이렇게 미묘하게 융통성이 없는 그들이 진지하게 마을을 일구는 모습을 봐 왔기에, 이런 제안을 한 것이다.

"어차피 나는 앞으로 여행을 계속할 거야. 여행하다가 등급을 올릴 기회가 또 있을 테니 마음 쓰지 마."

"그거, 상당한 말썽거리에 휘말릴 거라고 말하는 거나 마찬가지야. 아무리 그래도……."

"그냥 좀 받아! 앞으로 결혼해서 가정을 꾸린다면서! 어느 정도는 돈이 있어야지, 안 그러면 아내도 정이 떨어질 거라고!"

"네, 말 듣겠습니다!"

"네, 말 듣겠습니다!"

"네, 말 듣겠습니다!"

토 달면서 고집을 꺾지 않는 모험가들에게 남은 마력을 방출해 위압하여 말을 듣게 한다.

이 개척 사업을 진행하는 동안, 꽤 조교…… 아니, 교육했다고 생각한다.

"알겠어. 해체는 우리가 할게. 남겨 뒀다가 썩어서 언데드가 되기라도 하면 곤란하니까. 그리고 소재 사용처에 관해서는 갓슈 씨에게 일임하려고 해."

본인의 고집과 자존심으로는 아무리 발버둥 쳐도 나한테 못 이긴다는 걸 이제 알았나.

하지만 순순히 받지 않고 갓슈 씨에게 다 떠넘기는 완고함에 쓴웃음을 지으며 고개를 끄덕인다.

"그렇든가. 그럼, 뒷일은 맡길게. 나랑 테토는 먼저 마을로 돌아가서 좀 씻고 들어가려고. 너무 지저분해져서."

특히 테토가 안겼을 때 묻은, 검게 굳은 피와 휴드라를 태울 때 밴 냄새가 심히 거슬린다.

"그래. 맡겨 줘."

그리하여 우리는 모험가들의 배웅을 받으며 휴드라의 사체가 있는 곳에서 내려와 마을로 향했다.

# 30화 【사후 처리는, 신속히 남에게 맡기고 여행을 떠날 준비를 하자】

마을로 돌아오니 갓슈 씨가 흙벽 안쪽에서 지휘하고 있고, 이주 예정 여성들은 다 함께 밥을 지을 준비를 하고 있었다.

마을을 지키려고 남은 모험가가 몇 명인지 확인하는데 나와 테토를 발견한 갓슈 씨가 황급히 달려온다.

"치세 씨! 무사하셔서 다행이에요!"

"응, 나는 무사해. 그보다 여기는 괜찮았어?"

"네. 저희 중에는 다친 사람이 없습니다. 그런데……."

이주 예정인 여성들이 불안한 듯한 기색으로 이쪽을 살핀다.

"문제 원인은 정리했고, 산으로 온 모험가들이 가져와서 보고할 거야. 그보다 우선 좀 씻고 쉬고 싶어."

"아, 네. 알겠습니다."

납득한 얼굴은 아니었지만, 내게서 풍기는 악취와 테토의 행색도 신경 쓰였는지 군말 없이 보내 주었다.

그리고 목욕탕이 있는 강까지 와 보니, 목욕탕이 마을을 둘러 세운 벽 바깥쪽에 있어서 마물에게 완전히 마구마구 짓밟혀 있었다.

안을 엿볼 수 없게 세워 둔 벽이 무너지고 마물이 지나간 발자국도 남아 있다.

"결계를 치고 쉬자."

주변을 대충 물의 마법으로 씻어 내고, 그 김에 테토의 옷과 가죽 갑옷, 검도 씻는다.

오거의 가죽 갑옷은 군데군데 자잘한 흠집이 생겼지만, 마검은 이가 약간 빠졌던 것도 테토의 마력으로 복원됐는지 깔끔하다.

그리고 물로 씻은 나와 테토는 욕조에 받아 둔 강물을 화염탄으로 데우고 들어간다.

"후우, 피곤해."

"마녀님, 마녀님. 테토, 엄청나게 강해졌어요! 모두를 지켜냈어요!"

"그래. 테토, 장하다."

나는 테토의 머리에 물을 끼얹고 샴푸로 여러 번 헹구면서 머리를 깨끗이 감긴다.

그러고 보니 마을에 들어올 때, 내가 숲으로 날아갈 때는 없었던 흙벽에 입구가 있었다는 걸 기억해 낸다.

"마을을 두른 흙벽의 입구는 테토가 낸 거야?"

"맞아요. 들락날락하기에 불편하다길래 마물을 쓰러뜨린 후에 만들었어요!"

"그랬구나, 기특하네."

내가 그렇게 칭찬하면서 머리에 물을 흘려 몇 번이나 머리를 감겨 주니 테토가 '헤헤헤' 하고 기뻐하면서 입이 귀에 걸린다.

그런데 이번에는 긴급 사태였기에 흙벽을 세우게 했지만, 마을의 발전을 생각하면, 철거하는 게 낫지 않을까 싶다.

"뭐, 그건 갓슈 씨에게 상담해야겠지?"

"마녀님, 왜 그러세요?"

"아무것도 아니야."

그렇게 우리는 고생의 흔적을 깨끗이 씻어 없애고 옷을 갈아입은 뒤에 마을로 돌아갔다.

"아, 치세 씨, 테토 씨. 어서 오세요. 산으로 갔던 사람들에게 얘기는 들었습니다. 고생 많으셨어요."

"휴드라 사체 주변에는 마물이 기피하는 냄새가 나는 구슬을 뿌려 두고 왔어. 나중에 마을의 도구를 챙겨서 해체하러 가려고 해."

산으로 왔었던 모험가 리더와 그의 일행들도 돌아와서 갓슈 씨에게 사정을 설명한 모양이다.

"정말로 치세 씨와 테토 씨의 몫은 휴드라의 마석만 드리면 되는 거죠?"

"응, 그거면 돼. 나머지는 적당히 파시거나 먹거나 해서 마을을 위해 써 줘."

"알겠습니다. 조금 전에 리더에게도 치세 씨와 테토 씨의 요구를 들었으니 받아들이겠습니다. 이해는 안 가지만요……."

갓슈 씨도 내가 일방적으로만 베푸는 것 같아서 싫은 거겠지.

하지만 그것조차도 받아들이고 요구에 응해 줄 모양이다.

"아, 그렇지. 의견을 묻고 싶은 게 있는데, 괜찮아?"

"네. 뭔데요?"

"테토에게 만들게 한 흙벽 말인데, 어떻게 할까? 마을의 발전에 방해가 될 것 같은데 원래대로 돌릴까?"

마을 주변을 빙 둘러싼 흙벽은 방벽으로서는 우수하지만, 앞으로 확장될 마을을 생각하면 좋지 않다.

"마물의 폭주가 발생했으니, 당분간은 남겨 둘게요."

"정말 괜찮겠어? 마을을 확장하는 데 오히려 방해가 될 것 같은데……."

"벽 안쪽으로도 발전시킬 게 더 있으니, 당분간은 괜찮아요. 무엇보다 이주 예정자들이 불안해하고 있으니까 마물로부터 지켜 준 흙벽을 남기면 마음이 든든할 겁니다."

'주민의 감정을 우선시하는구나.'

납득했다.

"그렇지만 그냥 벽으로 둘러싸여 있기만 해서는 불편하니까 몇 군데를 부숴서 정돈한 다음 마을의 출입구로 쓸 생각도 하고 있어요."

"알았어. 그러면 이대로 둘게."

맨 처음에는 개척 계획이 엉망진창이 되어 자신감이 떨어져 있던 갓슈 씨는, 지금은 완전히 개척촌 내의 일들에 척척 대응할 수 있게 되었다.

"그럼, 마지막으로——."

"네. 부탁하신 의뢰 달성서입니다. 이게 개척 사업의 한 달 지원 의뢰 보수고요. 그리고 개척하는 데 있어서 직접적으로 작업을 도와주신 건 일수별로 계산해 별도로 더 쳐서 작성했습니다."

나와 테토는 각자 한 장씩 의뢰 달성서를 건네받는다.

"그러면 휴드라의 마석을 받는 대로 떠날게. 신세 많았어."

"아뇨, 저희야말로요. 치세 씨와 테토 씨가 안 계셨다면 분명 실패했을 겁니다. 게다가 휴드라를 토벌해 주지 않으셨다면, 더 심각한 상황이 됐을 테지요. 진심으로 감사합니다!"

그렇게 말하면서 갓슈 씨와 주민들이 고개를 숙인다.

마물 폭주에 관한 일은 이제 마을 주민들에게 맡기고 나는 빌린 집에 들어가 잠시 눈을 붙인다.

밤에는 휴드라 몸의 일부분을 떼어 낸 살코기를 식사로 대접받았다.

휴드라는 종류에 따라서 독성이 있지만, 다행히 이번에 토벌한 개체는 워터 휴드라라는 종류여서 먹을 수가 있었다.

기름이 오른 흰 살 고기는 장어와 비슷한 맛이 났다.

꼬치구이는 살코기가 단단히 쪼그라들어서 식감이 쫄깃했다.

마물 요리 중에는 맛있는 것도 있지만, 개인적으로는 조리법이 별로라서 휴드라 고기를 얇게 저민 후 쪄서 기름을 빼고 부드럽게 구워서 담백하게 먹어 보았다.

"좋아, 꽤 맛있어졌어."

"테토도 먹고 싶어요!"

"그래, 알았어. 잠깐만 기다려."

내가 테토에게 줄 고기를 구우니 그걸 본 모험가와 이주 예정 여성들도 같이 조르는 통에 휴드라 구이를 해 줬더니 다들 맛이 좋다며 호평했다.

조리법이 마을 사람들 사이에 퍼지고 나는 얌전히 휴드라의 구이를 먹는데, 이진 생이었던 일본인의 특성인지 흰 쌀밥과 간장을 먹고 싶어졌다.

그때부터 먹고 마시는 대연회가 시작되었다.

갑작스러운 마물의 폭주와 거대한 휴드라의 등장으로 인한 긴장감으로부터 해방되어 과감해졌는지 모닥불 앞에서 춤을 추고 술을 대결하듯 마신다.

힘이 센 모험가들은 식탁에서 팔씨름을 하기 시작하고, 손재주가 좋은 모험가는 다 마신 술통 뚜껑을 과녁으로 두고 작은 칼로 몇 자루나 꽂을 수 있는지 겨루고, 술기운에 춤을 추기 시작하는 남자들도 있다.

볼품없는 춤에 그들 고향의 춤인지 통일감 하나 없는 무용이 나와 테토, 이 개척촌에 온 여성들의 웃음을 이끌어 낸다.

"후후, 몸만 흔든다고 다 춤이 아니라고. 춤이라는 건 이렇게 추는 거야. 테토, 이리 와!"

"네! 마녀님!"

이상한 춤과 연회 분위기에 취한 나는 테토의 손을 잡고 모닥불 주변에서 포크 댄스를 춘다.

테토와 손을 맞잡고 간단히 좌우 양발을 내밀어 스텝을 밟고 빙그르르 한 바퀴 돈 뒤에 다시 손을 잡는다.

귀족들이 추는 춤처럼 딱딱하지 않다.

남녀가 한 쌍이 되는 간단한 스텝의 춤을 본 개척촌 사람들이 너도나도 마음에 둔 여성화 짝을 지어 우리를 따라 하며 모닥불 주변에서 춤추기 시작한다.

마력 치트인 마녀가 되었습니다~창조 마법으로 자유로운 이세계 생활~ 1

"젠장, 난 왜 남자랑 춰야 하는 거야!"

"어쩔 수 없잖아! 여자가 부족하니까!"

남녀 비율이 남성이 많기에 남은 남자끼리 짝을 이룬 게 마음에 안 들지만, 그래도 춤추는 걸 보고 사람들이 더 웃는다.

춤을 추지 않는 남자들은 휘파람이나 빈 식기, 손장단 등으로 리듬을 탄다.

마을 사람들은 아직도 번갈아 가며 추고 있지만, 나는 이미 춤추는 데 지쳐 연회장 구석에 있는 모닥불 앞에 앉아서 쳐다본다.

"마녀님, 즐거웠어요!"

"응, 나도. 신나게 놀았어."

만족스러운 식사를 하고 모닥불 주변에서 춤을 추며 웃어서 그럴까.

편안한 피로감과 만족감에 기분이 들뜬다.

"정말, 기분이 좋아."

내가 기대듯이 몸을 맡기니 테토가 다정하게 받아 준다.

"마녀님, 정말 즐거워 보였어요."

테토에게 기대어 멍하니 모닥불 주변에서 즐겁게 춤추는 사람들을 바라본다.

다들 쑥스러움도, 체면도, 지위도 내려놓고 그저 즐겁게 춤춘다.

개척촌을 재건해 마물로부터 지킨 덕분에 볼 수 있게 된 광경이 아주 소중하게 느껴진다.

그리고 또다시 위기가 닥치면 모두에게서 쉽게 미소가 사라질 정도로 약하고 덧없는 광경이기도 하다.

그런 광경의 중심에는 갓슈 씨와 모험가 리더, 두 사람이 있다.

이번에는 내가 연관되어 이 광경을 만들 수가 있었다.

앞으로는 그들이 지켜 나가야 한다.

"확실하게 맡기고 가야 하는데⋯⋯."

마음 한구석에서 언제까지나 여기에 있어서는 안 된다고 생각한다.

피로와 졸음으로 흐릿해지는 시야가 모닥불의 불빛에 빛나 보인다.

그대로 천천히 눈꺼풀이 감기고 힘이 빠진다.

"마녀님, 푹 주무세요."

나는 테토에게 기댄 채 잠들어 버렸다.

테토는 나를 끌어안고 집으로 돌아왔지만, 연회는 밤늦은 시각까지 계속되었다고 한다.


그로부터 사흘 후──.

의뢰는 마쳤지만, 개척촌의 호의로 지내던 집에 머물면서 휴드라의 해체를 기다린다.

그동안 해 왔던 요리와 빨래 등의 일은 이미 마을의 여성들에게 전부 일임하고 있다.

나는 테토와 함께 마을 주변을 거닐며 마물이 지나가 파헤쳐진 길과 평원을 복원하거나 테토가 쓰러뜨린 마물의 사체를 거리가 약간 떨어진 곳으로 옮겨, 태워서 처분하거나 했다.

"역시 약초는 굉장해. 마물에게 마구 짓밟혔는데도 벌써 새로 자랐어."

포션을 만들 때 쓰는 약초와 비누풀의 강한 생명력에 감탄했다.

그리고 마침내 휴드라를 해체해 마석을 꺼냈다.

"휴드라라는 마물은 머리에는 작은 마석을, 몸통에는 큰 마석을 지니고 있어. 그리고 이건 전부 두 사람 거야."

내가 감춘 다섯 번째 머리를 제외하고 휴드라 머리 네 개에서 꺼낸 마석은, 크기는 제각각이더라도 예쁜 청색을 띠고 있다.

그리고 몸통에 있던 특대 마석은 80cm 정도로, 달걀 모양의 연두색을 띠는 마석이다.

마석의 크기는 마물이 얼마나 강력한지를 나타낸다.

B등급에서 A-등급의 마물이라고 생각했는데 어쩌면 A등급까지 됐을지도 모른다.

해체 작업에 참여한 모험가들은 모두 그 점을 눈치챘으리라.

이게 단순히 머리 네 개 달린 휴드라가 아니라, A등급에도 필적하는 마물이라는 것을.

그리고 내가 머리를 하나 숨기고 B등급 정도 돼 보였다고 굳이 거짓말을 하면서까지 마을의 평온을 지켜 주려고 한 것을.

"저기, 치세 양……."

"응? 왜?"

"……아니, 아무것도 아니야. 고마워."

마을의 모험가들이 꺼낸 휴드라의 마석을 마법 가방에 담은 내게, 리더가 고맙다는 인사를 했다.

"그럼, 나는 오토시로 돌아가서 의뢰 달성을 보고하러 갈게."

"……다음 짐마차가 올 때까지 머무르지 않으십니까?"

"그때까지 기다리면 눌러앉을지도 몰라."

갓슈 씨와 다른 사람들이 섭섭해하는 걸 두고 나와 테토는 함께 마을을 나선다.

"또 와!"

"안녕히 계세요!"

우리를 배웅하려고 마을 사람들이 모였지만, 나는 뒤돌아보지 않고 앞만 보았고, 테토는 몇 번이나 뒤돌아보면서 손을 크게 흔든다.

그리고 언덕을 넘어서 마을이 보이지 않게 됐을 때, 테토가 내게 말을 건다.

"마녀님?"

"왜, 테토?"

"어째서, 우세요?"

이세계로 전생하고 딱히 목적과 목표가 있는 건 아니었다.

여신 리리엘에게 오래 살아 주기만 해도 된다는 말을 듣고 전생하기로 했다.

영웅이 되거나 누구도 경험한 적 없는 모험을 하고 싶은 게 아니다.

죽었을 때 기억은 없지만, 전생해서 그런지 막연히 죽고 싶지 않다고는 생각해 왔다.

황야에 내던져졌을 때, 어떻게 해야 할지 몰라서 힘을 원했다.

레벨을 올리고, 스킬을 익히고, 마력을 키워 창조할 수 있는

것을 늘렸다.

모든 속성을 다루는 【원초 마법】이란 강력한 스킬을 습득해 휴드라를 무찌르고 모험가로서 실력도 붙기 시작했다.

"마녀님, 마녀님은 왜 그렇게 슬픈 거예요?"

"슬픈 거 아니야……."

"마녀님, 그럼 아파요? 아니면 쓸쓸해요?"

"아프지 않아. 테토가 있어서 쓸쓸하지도 않아……."

지금, 눈물이 나는 내 감정이 뭔지 모르겠다.

이쪽 세계에 와서 모든 것을 무미건조하게 대했다.

감정이라 부를 수 있는 것을 표현해 온 건 거의 내가 창조한 테토뿐이다.

"마녀님, 뭐가 갖고 싶어요? 테토는 마녀님을 위해서라면 무엇이든 찾아올게요."

그런 내가, 무언가를 찾고 있는 듯한 기분이 든다.

"……몰라. 모르겠어."

하지만 여기까지의 여정은 어느 무엇 하나 충족되지 않았다.

압도적으로 강력한 마법도, 돈이 있어도 충족되지 않는다.

"몰라. 몰라……."

"괜찮아요, 마녀님이 원하는 거, 저랑 같이 찾아요."

나는 테토에게 매달려 큰 소리로 엉엉 울었다.

그리고, 이해했다.

갑자기 이 몸으로 전생한 내게는 부모라고 부를 사람이 없다.

그리고, 고향도 없다.

나의 뿌리는, 나를 이세계로 불러 스킬을 고르게 해 전생시킨 여신 리리엘뿐이다.

이전 생의 기억은 희미하다.

그런데도 이세계에 존재하지 않는 고향에 대한 갈망이 있다.

그 향수(鄕愁)가 나를 방랑하는 여행으로 이끈다.

개척을 도운 이 마을이 새로운 고향이 될 수 있을 듯한 기분이 들었다.

그래서, 끌렸다.

하지만, 아니었다.

【창조 마법】과 【신기한 나무 열매】의 존재로 앞으로도 마력을 키워 갈 나는, 언젠가 이물질이 될 것이다.

"테토, 지금 깨달았어. 나는, 고향이 될 곳을 찾고 있었어. 내가 머물 수 있는 장소를."

"그게 마녀님이 원하는 건가요? 그러면 찾아질 때까지 찾아 봐요!"

"그래. 아니면, 이번처럼 고향이 될 곳을 만들어도 좋고."

입 밖으로 내니, 내 목적이 뚜렷해진다.

일본에 있던 문화 같은 건 【창조 마법】으로 만들어 낸 것을 해석해서 재현하면 된다.

특히 앞으로도 【신기한 나무 열매】를 먹어서 마력이 계속 커질 테니 분명 오래 살 것이다.

그런 내가 강하게, 바르게, 다정하게, 마음속 깊은 곳에서부터 충족되어 평온하게 지낼 수 있는 장소를 찾는 것이다.

"내가 내 손으로 만들 나의 장소."

드디어 내 진짜 욕망을 깨달았다.

이제야 눈앞이 트인 듯한 느낌이 든다.

"땅이 필요해. 그리고 사회와 통하기 위한 돈, 그리고 사회적 지위도."

모험가로서 온갖 곳을 여행하면 땅을 찾을 수 있다.

의뢰를 수행하면, 돈도 쌓인다.

그리고 모험가로서의 등급이 오르면 사회적 지위도 얻을 수 있다.

"고마워, 테토. 덕분에 다시 한번 여행의 목적을 정할 수가 있었어."

"그런가요? 잘됐네요."

"한바탕 울어서 그런지 후련해졌어. 후딱 의뢰 보수를 받고 다음 여행을 떠나자."

"네!"

그리하여 의뢰를 맡은 오토시를 향해 달린다.

다만, 나는 도중부터 비행 마법으로, 테토는【신체 강화】로 계속 전력 질주했기에 약 반나절 만에 오토시까지 주파한 건 여담이다.

# 31화【다음 여행지를 정하는 건, 지팡이 끝】

오토시로 돌아와 의뢰를 달성했다고 보고했다.

E등급의【개척촌 후방 지원】의뢰는 일당이 은화 한 닢이었기에 둘이 합쳐서 대략 예순 닢 정도다.

E등급 의뢰라 D등급인 내게는 등급 승급과 아무 상관이 없다.

후방 지원 의뢰와는 별도로 갓슈 씨가 현지에서 의뢰했던, 마법을 사용해 개척 사업을 도운 것은 하루에 D등급 의뢰 1회분으로 쳐서 수리되었다.

그 의뢰의 보수도 합치면 둘이 합쳐 소금화 열다섯 닢 정도된다.

"일본 돈으로 150만 엔 정도인가. 제법 벌이가 괜찮은 일이었구나."

뭐, 일본으로 따지자면, 고성능 중장비를 개인적으로 휴대하고 다니는 거나 마찬가지다.

또다시 주머니가 두둑해진 우리는 필요한 만큼의 은화만 남기고 그 외에는 길드 카드에 맡기기로 했다.

"자, 지도 사러 가자. 우리가 살기 적합한 곳을 찾기 위해서."

"네, 그래요!"

나는 테토와 함께 마을을 돌며 지도를 찾는다.

하지만——.

"그럼 그렇지. 지도가 있을 리가 없지……."

이 세계에서는 기본적으로 주민 대부분이 자기가 태어난 마을을 떠나지 않고 죽을 때까지 사는 게 일반적이라서 일반 시민에게는 지도가 필요 없다.

있어 봤자, 어느 도로를 얼마나 가면 옆 마을이 나온다든가, 길을 가다 보면 숲이나 마을이 있다든가 하는 메모 수준이다.

그리고 전쟁 등의 침략 루트를 결정할 때도 쓰이므로 정확성이 높은 지도는 전략 물자 중 하나라서 극비 정보에 속한다.

그런고로 민간인에게는 팔지 않는다.

"입수한 건, 모험가 길드에서 파는 주변 요약도네. 그리고 어디 사는 누군가가 집필한 여행기하고."

이렇게 된 이상, 손에 넣은 지도에 그려져 있지 않은 방향을 목표로 가서, 거기서 그 지역의 지도를 입수해 연결하는 수밖에 없겠지.

그게 아니면 왕후 귀족과의 연줄이 생기면 국토 전체가 그려진 전도(全圖)를 손에 넣을 수 있을지도 모른다.

"그리고 의외로 여행기도 힌트로 나쁘지 않을지 몰라."

추측하건대, 성실한 저자가 썼을 것이다.

책을 훑어보다가 한 군데 신경 쓰이는 장소에 대한 방문기가 적혀 있었다.


『——【허무의 황야】. 그렇게 불리는 곳에 발을 들여놓았다.

 마력 치트인 마녀가 되었습니다~창조 마법으로 자유로운 이세계 생활~ 1

빛바랜 대지만이 펼쳐진 곳이다.

　신들이 결계를 친 경계선을 경계로 사람도 살지 않는 황무지가 펼쳐져 있으며, 신벌과 신의 저주로 불모지가 되었다고 하는 곳이다.

　너무하다 싶을 정도로 아무것도 없어, 나는 두려워져서 도망쳤다.

　황야 깊숙한 곳에는, 악마가 살지 않을까 하고 상상하고 말았다.』


　【허무의 황야】──, 그 단어가 왠지 내 마음을 사로잡는다.

　"살기 좋아 보이는 숲을 찾는 것도 좋지만, 이 【허무의 황야】에 정말 아무도 없다면, 여기로 가 보고 싶어."

　"마녀님, 왜 가고 싶은 거예요?"

　"응? 아무도 없을 것 같아서?"

　"마녀님이 가고 싶은 곳에, 테토도 갈래요!"

　하지만 【허무의 황야】가 어디에 있는지 모른다.

　그래서 나는 지도의 방향을 확인하고 그 자리에 지팡이를 세운다.

　"행선지를 신더러 정해 달라고 하자. 놓을게──."

　지팡이에서 손을 떼니 지팡이가 천천히 남서쪽으로 쓰러진다.

　요약도를 보면 던전 도시 방향인가.

　"자, 가자. 다음 장소로."

　"네!"

남서 방향으로 이어진 길을 나아가며 우리는 다시 여정을 시작한다.

　다만, 이번에는 승합 마차를 타지 않고 도로에서 떨어진 곳을 걸으며, 눈에 보이는 약초류를 따고 마물을 쓰러뜨리면서 나아간다.

　약초를 납품해서 용돈을 벌고 테토가 흡수하기 적당한 마석을 모으기 위해서다.

　"마녀님~, 마녀님~."

　"왜 불러?"

　"그 휴드라라는 마물의 마석, 하나 먹고 싶어요."

　"아아, 큰 건 안 되고 작은 거로 줄게."

　"야호! 신난다."

　내가 토벌한 휴드라의 머리에서 꺼낸 마석 두 개를 건네니, 테토가 바로 입을 크게 벌려 작은 마석을 삼킨다.

　어석버석, 별로 듣고 싶지 않은 소리를 내며 씹으면서 음미하다가 삼킨 테토가 행복해하며 웃는다.

　"아아, 몸에 스미듯이 맛있어요~."

　"그, 그래……. 그리고……."

　던전에서 해치운 골렘의 마석과 던전 코어를 흡수해 급격하게 변화한 테토였지만, 현재로선 더 이상의 변화가 없다.

　다만——.

【테토(어스노이드)】

마력 치트인 마녀가 되었습니다 ~창조 마법으로 자유로운 이세계 생활~ 1

직업: 수호 검사

칭호:【마녀의 종자(從者)】

골렘 핵의 마력 14400/14400

스킬【검술 Lv.4】【방어술 Lv.3】【땅의 마법 Lv.3】【괴력 Lv.2】

　　【마력 회복 Lv.1】【종속 강화 Lv.1】【신체 강화 Lv.5】

　　【재생 Lv.1】기타 등등……

모험가 상대로 한 모의전에서 마력으로 몸을 강화하는【신체 강화】를 익히고, 방금 먹은 휴드라의 마석으로 휴드라의 특성인【재생】스킬도 얻었다.

이 외에도 지금까지 경험한 것으로 다양한 스킬을 획득했다.

"테토는, 정말 정말 우수하구나."

"네? 마녀님이 칭찬해 줬어요! 기뻐요!"

말투와 행동이 좀 바보 같긴 하지만, 한 번 들은 건 다 기억하고 습득하는 천재다.

그리고 나도 내 상태창을 확인한다.

이름: 치세(전생자)

직업: 마녀

칭호:【개척촌의 여신】

Lv.50

체력 750/750

마력 6250/6250

스킬【장술 Lv.1】【원초 마법 Lv.6】【신체 강화 Lv.3】

　　【조합 Lv.3】기타 등등…….

고유 스킬【창조 마법】


종합적으로는 테토가 더 강할 것이다.

하지만 나도 확실히 성장하고 있다.

"노화가 더디다는 건 그만큼 성장도 더디다는 거겠지."

마력이 커지면 노화가 더뎌진다고 들었는데, 과연 어느 정도일까?

앞으로 마력이 커지면, 노화가 더뎌지고 일정 마력을 넘기면 불로의 몸이 되지 않을까 예상한다.

"영원히 열두 살이라——. 몸만 어린 할머니가 된다는 상상을 하는 것만으로도 소름이 끼치네."

겉보기에 어려서 무시당하는 일이 많아질 것 같다.

언젠가는 그에 대한 대책도 세워야 한다.

늙지 않는 몸이 인간의 신체 능력이 가장 높은 열일곱 살에서 스무 살 정도에서 멈춰 주기를 바라지만, 그건 힘들지도 모른다.

"최악의 경우, 마력을 방대하게 늘린 다음 실체가 있는 환영 마법으로 그럴싸하게 보이게 할까."

마력을 낭비하는 거겠지만, 【신기한 나무 열매】라면 그것도 가능하게 해 줄지도 모른다고 생각하면서 새로운 나무 열매를 창조해, 열매를 먹으면서 테토와 함께 나아갔다.

*Extra*

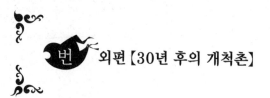 외편 【30년 후의 개척촌】

이스체어 왕국의 어느 개척촌은 임업과 농업이 발달하였으며 특산품으로는 비누가 널리 팔리고 있다.

"정말로, 예전 모습이 남아 있긴 하지만, 엄청나게 변했구나."

"마녀님, 저 벽, 테토가 그때 만든 거예요!"

나와 테토는 마을과 그리 멀지 않은 약간 높은 언덕에서 마을을 내려다본다.

예전에 마물의 습격을 막기 위해 만든 방벽이 지금은 내벽이 되었고, 그 바깥쪽에 새로운 벽을 세워 이중으로 벽을 세운 마을이 되어 있었다.

강 옆에 만든 목욕탕도 외벽 안쪽으로 들어와 있을 정도로 마을 규모가 커져 있었다.

그런 마을의 모습을 바라보며 최근에 나돌기 시작한 식물 종이를 사용한 비누 판촉용 소책자와 그림책을 훑어본다.


『비누풀 또는 사방 리프라고 불리는 약초가 세상에 알려지게 된 것이 언제인지는 확실치 않다.

하지만 약초의 마음이 편안해지는 향과 뛰어난 .세정력, 그리고 무엇보다 피부와 섬유를 손상하지 않는 성분이 함유된 이 약초는 작은 임업을 중심으로 하던 마을에서 발견되어, 그 마을을 기점으로 여러 곳으로 퍼졌다.

이 사방 리프가 나타난 덕분에 각 도시의 공중위생이 비약적으로 발전했으며 역병 사망률이 감소했다.

또한 이스체어 왕실을 필두로 한 부유층에서는 사방 리프에서 추출한 비누 성분과 꽃의 진액, 식물유(油)를 섞은 향이 진한 비누가 유행하고 있다.』


【그림책: 거품의 여신님】
『사방 리프의 산지인 마을은 임업과 약초업을 중심으로 발전했다.

그런 약초업의 주축인 사방 리프에는 한 가지 전설이 존재한다.

어느 날, 마을에 꾀죄죄한 여자가 훌쩍 나타났다.

그녀는 병을 앓았던 데다 꾀죄죄해서 아무도 상대해 주지 않았는데, 약국 청년만이 친절하게 약을 건네었다.

약국 청년이 준 약을 먹고 병이 나은 여자는 그 청년에게 답례로 희귀한 식물의 씨앗을 주었다.

청년이 이상하게 생각하면서도 그 식물을 키워 보니, 갖가지 불결함을 씻어 내는 신기한 거품이 나는 식물이었다.

그리고 그 식물로 꾀죄죄한 여자, 마녀는 정화되어, 여신으로 다시 태어나 남자와 행복하게 살았다고 한다.

믿거나 말거나, 지방에 전해져 내려오는 여신 전설의 하나이다.
여신의 이름은 이 세계의 종교인 오대신(五大神)의 여신 리리
엘이기도 하고, 여신의 사도나 성녀이기도 하다.』


두 권의 책 내용에 쓴웃음을 짓게 된다.
"정말로 너무 미화했다니까. 게다가 전설로 내려올 정도로 옛
날 일도 아니고. 하지만 이야기로서는 이게 훨씬 재미있네."
'지방 전설과 전승은 이런 식으로 만들어지는구나.'
그런 생각을 하면서 마법 가방에 책을 넣고 머리에 쓴 챙 넓은
삼각 모자의 위치를 조정한다.
"자, 갈까."
"네! 비누를 사러 가요!"
나는 테토와 함께 언덕을 내려와 마을로 들어간다.
마을 입구에서는 20대 정도 된 자경단 청년이 출입하는 사람
을 안내하고 있었다.
"비누의 마을, 갓슈에 오신 걸 환영합니다."
"헤에, 마을 이름이 갓슈구나."
"이 마을을 개척하고 그 후로도 발전에 힘쓰신 갓슈 대관님의
함자에서 따왔답니다."
자경단 소속 청년이 자기가 사는 마을에 자부심이 있는지 활
기차게 설명해 준다.
대관이 된 갓슈 씨는 결혼한 상인 가문의 딸 마리 씨의 연줄로

비누 판매를 시작해 성공을 거두어 마을을 발전시켜 왔다고 한다.

그리고 마을의 북쪽에 있는 산림의 풍부한 임목을 사용해 만든 가구와 숯의 판매를. 거기다 비누 식물로 배양한 조합 기술을 응용한 식물 종이 생산도 하는 모양이다.

그런 마을의 이야기를 맞장구를 치며 듣는다.

"숙녀분들은 이 마을에는 어쩐 일로 오셨나요?"

"비누를 직접 사러 왔어. 관광도 하고."

"테토는 마녀님의 수행원이에요!"

이 마을에서는 귀족 부인과 영애들이 잠행하러 왔다가 체류하는 일이 많다고 한다.

나와 테토도 특이한 차림이지만, 어딘가의 영애와 호위라고 생각했는지 자경단의 청년이 혼자 뭔가를 떠올리고는 웃고 있다.

"마법사와 검사라……. 어릴 때, 아버지께 들은 모험가 이야기가 떠오르네요."

대지를 조종하는 어린 마법사와 암벽을 만들고 마물과 용맹무쌍하게 싸운 검사 모험가였다고 들었다며 재미있다는 듯이 웃어서, 살짝 멋쩍어진 나는 삼각 모자를 깊이 눌러썼다.

"그럼, 들어가시죠. 특산품인 비누는 마을의 종합 상점에서 판매합니다."

그렇게 설명해 준 청년에게 감사 인사를 하며 마을로 들어간다.

커진 마을들을 둘러보니 주민들의 밝은 모습을 볼 수 있었다.

새롭게 태어난 주민과 밖에서 이주해 온 사람이 30년간 얼마나 많을까.

"행복해 보이는, 좋은 마을이 됐네."

"테토도 그렇게 생각해요!"

그리고 테토가 땅의 마법으로 만든 내벽에 다가가니, 군데군데 비바람을 맞아 무너진 곳을 벽돌로 보강한 흔적이 보인다.

'마을이 이만큼이나 성장했는데, 발전에 방해되는 내벽은 남겨 두지 말지'라고 생각하며 쓴웃음을 짓는다.

그리고 청년이 알려 준 종합 상점에 도착했다.

젊은 여성이 지키는 가게 안으로 들어가 비누 코너를 둘러보며 나와 테토 취향의 비누를 찾는다.

"이 향은 뭐지?"

"달고 상쾌한 향이네요! 마녀님이 좋아할 향이에요!"

딱 하나, 달면서 부드러우면서도 약초 같은 향이 나는 비누를 발견하고 손에 든 내가, 테토와 함께 향을 음미하고 있는데 그런 우리를 보고 가게 점원이 다가온다.

"어서 오세요. 마음에 드시는 비누는 찾으셨나요?"

"네, 이 비누 향이 마음에 드네요."

나와 테토가 조금 전 발견한 비누를 손에 드니 점원이 비누에 관해 설명해 준다.

"이건 마을에서 나는 벌꿀과 상처와 염증에 좋은 약초를 배합한, 저희 마을에서만 파는 한정판 비누입니다."

"아하, 그렇군요. 이거로 다섯 개 살게요."

"한 개에 대동화 여섯 닢으로, 총 은화 석 닢입니다."

나는 은화 석 닢을 내고 비누를 포장해 주는 걸 기다린다.

그동안 테토와 함께 가게를 둘러보는데 목각품 하나가 눈에 띄었다.

"어? 이거 마녀님이에요!"

"나? 저기요, 이건 뭐죠?"

"아, 마을의 복을 부르는 부적 같은 거예요."

내가 가리킨 건 소녀의 옆얼굴이 새겨진 목각품이었다.

거기에는 【개척촌의 여신】이라고 새겨져 있고 뒷면에는 내가 개척촌의 모험가들을 몰아쳤을 때 한 말이 『개척촌 여신의 성공 비결』이라며 적혀 있었다.

"듣자니 마을을 개척한 아버지 세대는 이 여신과 같은 여성 모험가에게 고마워하는 분들이 많이 계세요."

"그렇군요……."

그 목각품을 응시하는 내게, 점원이 '어?' 하고는 내 얼굴을 들여다본다.

"손님, 목각품의 소녀와 닮으셨네요. 혹시…… 개척촌을 도운 여성 모험가의 따님이신가요?"

나는 정체가 들키지는 않을까 조마조마했지만, 마을을 개척한 지 30년이 지났다.

그 무렵과 모습이 전혀 바뀌지 않아서, 보통은 당사자의 딸이라고 생각하는 게 일반적이리라.

"저 목각품도 주세요."

"목각품은 은화 두 닢입니다."

나는 추가로 돈을 계산하고 비누와 함께 토산물인 목각품을 건네받아 가게에서 나가려고 했다.

바로 그때, 가게 안에 남자 두 명이 들어온다.

"갓슈! 오늘은 사슴이 잡혔는데, 가족들과 다 함께 먹는 거 어때!"

"저도 민물고기를 잡았으니, 그것도 요리해서 술이라도 한잔 할까요?"

30년 전에 개척촌을 이끈 모험가 리더와 갓슈 씨가 나란히 서 있었다.

이미 예순이 넘은 리더는 머리카락에 백발이 많아지고 얼굴에 주름도 늘었지만, 몸은 아직도 50대라고 해도 믿을 정도로 활력이 넘친다.

대관 갓슈 씨는 나이를 먹고 자신감과 차분함, 지성을 겸비한 온화한 초로의 남성이 되어 있었다.

그런 두 사람이 가게로 들어와서 나와 테토를 발견하고 놀라며 눈이 휘둥그레지니까 기분이 조금 이상하다.

"…………설마, 치세 양이야?"

"그래, 맞아. 오랜만이야, 건강해 보이네."

"……옆에는, 테토 씨세요?"

"네! 다시 만나서 기뻐요!"

두 사람이 각자 우리를 확인차 묻기에 태연하게 답한다.

점잖고 멋있는 아저씨가 됐는데 어째선지 아이처럼 울먹거린다.

"치세 양……. 너, 하나도 안 변했네! 예전 모습 그대로잖아!"

"저희는 두 분의 활약을 익히 들었답니다. 다시 만나 뵈어서 기뻐요."

"마력이 크면 노화도 더디니까. 오늘은 비누 이야기를 듣고, 사러 와 버렸어."

내가 엷게 미소 지으며 대답하니 어른 둘이 물기가 어린 눈가를 옷소매로 거칠게 비비고는 나를 똑바로 바라본다.

"좋아! 옛 친우와 재회한 날이야! 가족을 불러서 다 함께 마시자!"

"네, 그러죠! 성대하게 대접해야지요! 당시의 개척단 멤버도 부릅시다!"

그리하여 촌장이 된 리더의 집에서 사슴 고기와 민물고기 바비큐가 시작되었다.

개척단 멤버였던 사람들이 번갈아 가면서 모여서, 각자 30년을 어떻게 보냈는지 우리에게 들려준다.

그 시절에는 남자들만 있는 개척단이었지만, 그들 옆에는 지금 오랜 시간 함께한 반려자와 아이, 그리고 손자가 있다.

그들의 행복해 보이는 모습을 볼 수 있었다.

또 다 이야기할 수 없을 정도로 길었던 그들 인생의 일부를 내게 들려주었다.

그들이 이제까지 걸어온 여정을 전부 듣지 못해서 아쉬움은 남지만, 갑작스레 열린 연회는 끝이 났다.

"모두, 건강하면 좋겠어요. 마녀님도 그렇게 생각하죠?"

"응, 당연하지. ……그들의 남은 인생, 그리고 그들의 아이나 손자들이 행복하기를."

이전에도 개척촌을 나서 여행을 떠났을 때 지난 약간 높은 언덕을 넘어서, 마을이 보이지 않는 곳까지 온 나는, 【전이 마법】을 써서 테토와 함께 우리의 집으로 돌아왔다.

# 후기

처음 뵙는 분들께, 안녕하세요, 아로하자초입니다.

이 책을 손에 들어 주신 분들, 담당 편집자 I씨, 작품에 근사한 일러스트를 그려 주신 테즈부타 님, 또 출판 전부터 인터넷에서 제 작품을 봐 주신 분들께 대단히 감사하는 말씀을 올립니다.

『마력 치트인 마녀가 되었습니다』는 제게는 세 번째 작품입니다.

다른 회사에서 두 작품을 집필했고, GC노벨즈에서 처음으로 큰 사이즈의 책을 출판하면서 어떤 분들이 읽어 주실지 솔직히 상상이 안 되어서 내심 겁이 났습니다.

그런 『마력 치트인 마녀가 되었습니다』입니다만, 웹소설로 처음에 집필하기 시작한 무렵에는 제목이 너무 추상적이라 독자가 늘지 않아서 독자를 사로잡을 제목을 모색해, 제목을 여러 번 바꾼 적이 있습니다.

내용은 자신이 있었지만요. 이때, 정말로 제목의 중요성을 통감했습니다.

그 후에는 담당 편집자 I씨의 권유로 GC노벨즈에서 출판을 전제로 일하게 되었습니다.

그리고 작풍에 맞는 일러스트레이터 선정, 캐릭터 디자인의 배색 패턴, 타이틀 로고의 종류와 배치 센스, 재검토 원고에 대한 지적 등을 메일과 전화 등을 통해서 뭐가 좋을지, 어떤 게 좋을지 함께 고민해 주셨습니다.

그때 일을 한 감상은──, '이런, 이러다 내가 잡아먹히겠어!'라는 착각에 빠질 정도로 진심이 전해졌습니다.

서적을 구성하는 요소를 하나씩 정성껏 다뤄 주셔서 감사한 마음과 함께 눈이 번쩍 뜨이는 기억이었습니다.

세세한 것까지 마음 쓴다는 게 이런 거라는 걸 깨달은 귀중한 경험이었습니다.

그런 『마력 치트 마녀』는 마녀 치세가 다정함과 사랑이 있는 엄격함으로 손이 미치는 범위 내의 사람을 행복하게 해 주는 이야기를 여러분께 전하고 싶었습니다.

앞으로도 저, 아로하자초를 잘 부탁드립니다.

마지막으로 이 책을 손에 들어 주신 독자 여러분께, 다시 한번 감사 인사를 올립니다.

아주 즐거운 마음으로 그렸습니다!
치세와 테토의 체격 차이가 좋아요…

テツブタ

とても楽しく描かせて いただきました！
チセちゃんテトちゃんの体格差いいよね…

てつぶた

**마력 치트인 마녀가 되었습니다 1**

**2023년 12월 1일 1판 1쇄 발행**

| | |
|---|---|
| **저        자** | 아로하자초 |
| **일 러 스 트** | 테츠부타 |
| **옮 긴 이** | 변성은 |
| **발 행 인** | 유재옥 |
| **이        사** | 조병권 |
| **출판본부장** | 박광운 |
| **담 당 편 집** | 정지원 |
| **편 집 1 팀** | 박광운 |
| **편 집 2 팀** | 정영길 조찬희 박치우 정지원 |
| **편 집 3 팀** | 오준영 이해빈 이소의 |
| **디자인랩팀** | 김보라 박민솔 |
| **디지털사업팀** | 박상섭 김지연 윤희진 |
| **라이츠사업팀** | 김정미 맹미영 이윤서 |
| **영업마케팅팀** | 최원석 박수진 박소연 |
| **물 류 팀** | 허석용 백철기 |
| **경영지원팀** | 최정연 |
| **발 행 처** | (주)소미미디어 |
| **인쇄제작처** | 코리아피앤피 |
| **등        록** | 제2015-000008호 |
| **주        소** | 서울시 마포구 토정로 222, 403호(신수동, 한국출판콘텐츠센터) |
| **판        매** | (주)소미미디어 |
| **전        화** | 편집부 (070)4164-3962, 3963  기획실 (02)567-3388 |
| | 판매 및 마케팅 (070)8822-2301, Fax (02)322-7665 |

ISBN 979-11-384-8084-1
ISBN 979-11-384-8083-3 (세트)